明日香を守る強将太子

若井万福

●目次

一、悪夢

うーん。

早く逃げたい。胸元に迫る白刃。ぎぃっ。息を凝らす黒い影。

逃れようとしてもがくが、金縛りになって身体が動かない。

うーん。息を凝らしているところで若月宏治は目覚めた。びっしょりと顔面に汗が滲み出ていた。

同じ夢を近頃はよく見る。

若月は半身を起こして暗闇の中で動揺が鎮まるのを待った。胸中には言いようのない哀しみが満ちていた。

二、難題

けたたましい電話音で若月は目を覚ました。飛び起きて壁の時計を見るともう十時をまわっていた。春暖の中で惰眠をむさぼっていたようだ。

電話音はファックスの受信音であった。

目をこすりながらメールの印字紙が出てくるのを待った。

『聖徳太子が明日香京から斑鳩の里に移った真相を探れ』

出てきた用紙は雑誌社のもので、「原山直子」という担当者の名前がなぐり書きしてあった。寝起きに指示文書を見せられるとむかついたが、フリーライターである身を考えて微かな憤懣を呑み込み用紙を取った。

「歴史探偵として歴史の真相をさぐる」という企画を雑誌社に持ち込んで仕事を貰っている以上、不平を言える立場ではなかった。

ベッドに腰を落として若月はうな垂れた。遂に難題中の難題がきた。そう思うと胃が重くなった。

聖徳太子はもっともポピュラーな歴史上の人物で宗教上でも敬愛されている。それだけにもっともらしい諸説が無数に流布している。

それより、聖徳太子という人物が実際に存在したのかも確証はない。第一、「聖徳」という形容詞のついた太子名は固有名詞ではない。徳を持った皇太子、といった名である。若月自身は伝説に彩られた「聖徳太子」の実在を信じてはいない。

信じていないが、仕事が来た以上、「歴史の真相」を突き止める探偵になったつもりで原稿をまとめなければならなかった。

う〜ん。

雑誌社の担当者原山直子の顔を思い浮かべて重苦しい気分になった。一年前に上京して企画を持ち込んだときに出会った彼女は自分より十歳ほどの年嵩と推測していた。

大阪から雑誌社に飛び込みで企画を持ち込んだときに応対してくれたのが彼女であった。予約もなく企画書を持ち込んだ若月宏治に雑誌社の社員たちは応対するのを拒んでいたが、なかなか立ち去らないので、仕方なしに彼女が応対してくれたのであった。

「編集部の原山です」

きわめて事務的に応対した彼女の顔を思い浮かべて若月は少し沈んだ気分を抱えた。

関西人が抱く（どうにも東京の人と付き合うのは苦手だ）という感情を含んだ重苦しさであった。

その雑誌社を訪問したのはそれだけだが、彼女は「歴史探偵」というタイトルの原稿を二回連載してくれて、いままた連載のテーマを与えてくれたのだから、感謝しなければならない。

しかし、訪問したときの別れ際に言った彼女の言葉が頭にこびりついている。

「面白くなければ、原稿なんて屑箱に捨てるだけですからね」

整った顔つきの原山直子はそう言って若月宏治を送り出した。

うーん。

いやいや、仕事をくれたのだから、彼女は神様と思わなければ……。

三十半ばと思われる原山直子の笑みのない相貌を若月は振り払い、「お仕事、お仕事」と取るものも取敢(とりあ)えずパソコンに向って「聖徳太子」を検索した。

「聖徳太子」だけをキーワードにして検索すると七万五千もの項目がヒットした。さすがは人気ナンバーワンの「人物」ではある。お寺のホームページ、個人のホームページ、ブログ……。無数の「聖徳太子」が浮かび上がってくる。五項目ほどを拾い読みしてウエッブサーチを閉じた。

拾い読みしたことから、聖徳太子が明日香京から斑鳩の地に移った理由を探ると、

○大臣（おおおみ）の蘇我馬子（そがのうまこ）と対立して明日香京から斑鳩に移り住んだ。
○仏教にのめりこみ、斑鳩で信仰生活に入った。

という二つの説が主流であるらしかった。主流といってもいずれも根拠のない説である。歴史学者の大先生が大昔に唱えた陳腐な説が今もまかり通っている。もっともらしい二つの説が分かっても、さて自分が真相を探るとなると、どこから手をつけてよいか若月は思案に暮れた。

コーヒーを飲みながら一息つくと、ファックス用紙を手にしてからの動揺も幾分かおさまった。先ず聖徳太子のことをおさらいせねばと、家中の関係書物を引っ張りだして生い立ち周辺をさぐることとした。

聖徳太子は用明天皇と后（きさき）の穴穂部間人王女（あなほべはしひとおうじょ）との間に生まれた。太子が十二歳のときに父王が王位に就いた（５８５年）。ところが、王位に就いてわずか二年で用明天皇は亡くなられた。次の王位に伯父王の泊瀬部皇子（はつせべおうじ）（崇峻天皇（しゅしゅんてんのう））が就く。その崇峻天皇を就位五年目に蘇我馬子が暗殺したという。

替わって先々代の天皇（敏達天皇）の后（額田部皇女（ぬかたべおうじょ））が天皇（推古天皇）に就き、その皇太子として十九歳の聖徳太子が指名された。最初の女帝といわれる推古天皇のもとで皇太子になったのである。母も推古天皇も蘇我氏の血を引いているから、蘇我氏集団のプリンスであった。

十四歳のときには太子は物部一族との戦いで活躍し負け戦を逆転に導いたといわれる。仏教を信奉し始めた蘇我一族と神道を守ろうとする物部氏との宗教戦争といわれるものである。

聖徳太子没後三十年ほどして起こった大化の改新のときに蘇我氏本家が滅んだといわれるから、蘇我氏と対立する氏族が書いた記録書しか残っていない。日本書紀にしろ、古事記にしろ、後の世に都合のよい記録である。蘇我馬子が天皇の暗殺を指示したといっても、真実かどうか分からない……。

記紀（きき）（古事記、日本書紀）の記録を読んだだけでも、

○十九歳ぐらいの年齢になれば天皇になれるのになぜならなかったのか。

○崇峻天皇が亡くなって、なぜ前天皇の后が天皇位に就かず、先々帝未亡人が就いたか。

などの疑問が湧いてくる。

この記紀の記述は後世の人間にとってやっかいな記録である。

しかし、どこかに微(かす)かに真実のカケラが残っているはずである。それが、どこに残っているのか……。それを探すのが俺の仕事だが……。若月は焦燥感にいたぶられながら、家の中でコーヒーばかり飲んでいた。

二、模索

まさに難題であった。

どこから手をつけるべきか若月は逡巡(しゅんじゅん)した。それは聖徳太子の周辺には虚飾が多いからであった。日本書記に出てくる名前からして異色である。

『厩戸(うまやど)の豊聰耳(とよとみみ)の皇子(みこ)を立てて皇太子としたまひき』と聖徳太子のことをそう呼んでいる。多くの人が喋っていることを一度に聞く能力を持った皇子、といった呼び名である。

聖徳太子という呼び名もずっと後の時代の宗教的な呼び名といえるから、真実に近づくためには、本名といわれる「厩戸皇子（うまやどのみこ）」と呼ぶべきだ、と若月は独り納得したりもした。思考の進展が見られない自身にいらいらしながら、若月は玄関を出て横の駐車場の車から地図を取り出し斑鳩の辺りを漫然と眺めた。

南北に走る生駒山系の南麓（なんろく）の町、斑鳩（いかるが）。

南から流れてきた多くの大和の河川が集約され、大和川（やまとがわ）となり西に流れ大阪湾に向っている。だが、大和川は江戸時代に民衆の力で西向きに付け替えられている。明日香京の時代には生駒山系を廻りこんで北に流れていた。北に向った当時の大和川は、大阪平野にあった中海（なかうみ）に注いでいた。それがたびたび氾濫するので江戸時代に西に向け広い川幅にして水を海に逃がしたのだ。

古代に大和川が注いでいた中海は大阪湾とつながっていたから、川は重要な交通路であったはずだ。その大和川近くの斑鳩の地も、人と物資が集散する基地であっただろう。

あっ。

地図を眺めていた若月は、東西、南北に走る道路の中に斜めに走る道を見つけて小さな声を上げた。

その道は切れ切れになってほとんど道路としての機能を失いかけているように見えた。その路を西北に延長して行くと……、斑鳩。うーん。さらに南東へ延長すると、まさしく明日香に……。これが、太子道といわれる道だ。何かが掴めそうで、思わず若月は少しだけ頬を弛めた。

厩戸皇子が計画してつくったといわれる太子道。その道を使って明日香の政務に毎日のように斑鳩から通ったといわれているが、それも少し眉唾な話であった。

斑鳩から明日香までは二十キロ。馬で走ったとしても毎日は酷な生活となる。

斜めに走っている太子道は最短距離で京と斑鳩を結ぶためのものであろう。なぜ、そんな道が必要であったのか。その道の存在意義を考えなければ……。若月は思考を止めて、パソコンで『太子道』を検索してみることにした。

斜めの道がくっきりと残る奈良県三宅町のホームページを開いてみた。

そこには『屏風』という地名の由来が書いてあった。通行中の厩戸皇子が休息に立ち寄られるときに屏風を立ててお世話したから、その地名になったと書いてあった。通り沿いにある白山神社には腰掛けられた石というものまである。さらに二つの杵築神社が道向かいにあり、皇子の様子を描いた絵馬なども残っているらしい。

この太子道をたどる催しが法隆寺の主催で毎年行なわれているようで、近辺では当たり前のように今でも「太子」と接している様子が窺がえた。

その道筋には都留伎神社、糸井神社、比売久波神社などの社が点在していた。

そこら辺りの神社は織物に関係した神を祀るところが多いらしい。杵築神社というのは出雲系の神社で生駒周辺にはあちこちに点在している。出雲系といえば物部氏と関係が深い。厩戸皇子は物部氏と争ったというが……。うーん。若月はまた混沌の淵をさまよい出しそうで不安な胸を抱えることになった。

四、舞姫

いらいらしながら若月は再びパソコンに向かった。

「聖徳太子」で検索してページを繰っていると、「信貴山」という項目が出てきた。

物部氏との戦いのとき敗色濃くなって厩戸皇子が戦勝を祈念したときに毘沙門天が現れて皇子に力を与えたという話が伝わっているらしい。あるいは、戦いの時ではなく、厩戸皇子が「この山は信ずるべき山、貴ぶべき山」と言われたので「信貴山」と名づけたと幾つかのホームページに書いてあった。厩戸皇子は磐石の上に堂宇を建て臥牛寺と名づけた話もある。

　毘沙門天には多くの人の願いを聞く「多聞天」という別名もあるから、聖徳太子が一度に多くの人の話を聞くことができた——という特異な才能は、毘沙門天の性格を太子に被せただけのことかもしれない。検索の合間にそんなことも考えた。

　検索を繰り返しているとき、ふと年末に見たテレビ番組を思い出した。

有名な美術品に描かれている婦人などに扮して自作自演で写真やビデオを撮っているM氏が『信貴山縁起絵巻』に出てくる童子に扮してビデオ撮影する話であった。

　その童子が異様な格好なので若月は鮮明に覚えていた。その童子の名は「剣鎧護法童子」といって多くの剣を背負い疾駆する姿が絵巻に描かれている。M氏は宙吊りになって鎧を着て十数本の剣を持ち中空を走る姿を撮影していた。

　その童子が出現した経緯というのは、厩戸皇子の時代から随分後の平安時代の初めの頃のことだという。

醍醐天皇が病気になられたときに信貴山の命蓮上人（みょうれんしょうにん）が平癒（へいゆ）を祈ったら、天皇の枕辺（ちんぺん）にこの童子が走って現われご病気を退散させ、また信貴山に走り去ったという。この童子の特異な姿には信貴山の特色が投影されているのではないだろうか。

天皇のご病気平癒のあと「朝護孫子寺（ちょうごそんしじ）」と名づけられたらしい。

信貴山にまつわる話を思い出して、居ても立ってもいられず若月は車を走らせた。信貴山は生駒山系の南端に位置する。

北摂から淀川対岸の枚方市、交野市を抜けて生駒山系北端の岩船街道（いわふねかいどう）を抜けて奈良県北部に入り信貴山の駐車場に滑り込んだ。家から一時間半で到着した。

三月初めであったが、車を下りたときには冷たい風が頬を撫ぜた。山間の駐車場には霊気のようなものが淀んでいるように思えた。駐車場は山の中腹にあったが、寺の仏堂はそこより上の懸崖（けんがい）に点在していた。天上から覗（のぞ）かれる格好の駐車場が霊気だまりのように感じられた。

駐車場の上の茶屋で甘酒を頼んで、流し飲んで体に熱気を入れると若月は上を目指し、ほとんど垂直に上っている感覚で石階段を踏みしめた。今では商売繁盛祈願の寺として大阪の商売人の崇敬（すうけい）を集めている。特に初詣のときには身動きできないぐらいに混雑する。明治大正の頃は関西の繊維工業が大隆盛期を迎えていたので景気がよく、ここの門前も善男善女で賑（にぎわ）ったらしい。

　厩戸皇子が初めて毘沙門天を感得したのが、寅年の寅の月、寅の時刻であったので、寅年生まれの人の参詣が多いらしい。正月には大阪市内でも笹に張子の寅をぶら下げた縁起ものを持っている人をよく見かける。しかし、今日は縁日でもないのか、閑散として参詣人もまばらである。

　本堂は京都清水寺の舞台を小型にしたような外観を見せ、井桁（いげた）に組んだ床柱（ゆかばしら）を崖下に伸ばした上に載っていた。本堂を見上げながら参詣道を上っているとき、どこかで見たような光景の中に自分が立っている感覚を若月は覚えた。

　記憶をまさぐっていると異国の光景が重なった。勾配のある狭い道の両側にみやげもの屋が並ぶ台湾の九份（ジョウフン）という町であった。台湾には行ったことはないが、テレビ番組で見たその町へ行って見たい願望は持っていた。何となく懐かしい風情のある町であった。とりわけ、狭い階段のある光景が気に入っていた。雰囲気は全然違うが階段を上っているとき九份（ジョウフン）と重なる感覚を持った。あの町は確か昔は鉱山で栄えた町……。

　若月が信貴山で鉱山のようだと感得したのには毘沙門天についての予備知識が作用している可能性もあった。

毘沙門天はもともとインドの神ヴァイシュラヴァナで、財宝の神クーベラとも同一視されていて、クーベラは鉱山の神でもあった。信貴山内の灯篭などにムカデが彫刻されているのは、俗にいわれる「お足が多い（お金が多い）」という福徳を提示しているだけでなく、坑道の形がムカデの形に似ているので、鉱山の神の象徴でもあるといわれているらしい。

日本でも鉱山の従事者は昔から毘沙門天を祀っているようである。昔は鉱山が至る所にあったから、毘沙門信仰の繁多ぶりが窺える。

本堂に近づくと太鼓の音が聞こえた。お払い祈祷でもしているのであろう。その音を聞きながら手を合わせ、来た道を少し戻って途中から山上を目指した。上には塔が見え、さらに上方に小さなお堂が見えた。

一番上のお堂は空鉢堂であった。

例の命蓮上人が喜捨（きしゃ）を求めて歩く替わりに鉢が勝手に市中を飛んで廻り布施（ふせ）を求めたという。ある日、鉢が山崎長者（大阪北郊の山崎にいる金持ち）の蔵に入って穀物を求めたが、出し惜しみする長者は蔵の鍵を締めてしまった。すると、蔵の中に閉じ込められた鉢は蔵ごと持ち上げて飛んで信貴山に戻ってきた。そんな物語に由来する鉢をお祀りしているのであろうか。

堂前から振り返ると眼下に大和川が蛇行しているのが散見できた。

江戸時代以前、大和川は山の下から北流して河内平野にあった中海に注いでいたのだ。大和から河内に抜ける川や道を押さえる所に屹立(きつりつ)する信貴山。河内側の足下はまさしく物部氏の版図であった。ここで蘇我氏との宗教戦争が行われたされている。しかし、この政争には若月は懐疑的である。大和政権内では蘇我氏と物部氏は一体のごとく親しい間柄であったらしい。本当に戦闘があったとしても、宗教を挟んだ争いではなく何か別の要因があったと思っていた。

空鉢堂から下りて駐車場が見えるところまで来て左へそれて剣鎧護法堂(けんがいごほうどう)と案内している方へ向かった。細い道の先に小さなお堂があった。その道には誰もいないと思って少々疲れた足を引きずって歩んでいると、鮮やかな桃色の衣服をまとった女性がお堂に向かって何やらゆっくりと体を揺すっていた。幻でも見ているような光景であった。

天女が踊っているようにも見えた。

その光景をしばらく眺めていた。別世界に迷い込んだ感覚を持ったが、やがて人が眺めているのに気づいて舞い人は振り向いて会釈した。

「すみません、お邪魔しました」

ぼんやりしたまま若月はそう言って引き返そうとした。

「あの」

女性は小さな声で呼び止めた。

「あの、ワタシこそ、スミマセン」

女性の口から流れてきたのは異国訛(なま)りのきれいな声であった。

駐車場の方へ向かいかけていた若月はそのままの姿勢で一瞬躊躇したが声の主の顔を確かめるように向き直った。女性は鮮やかなチマチョゴリ姿であった。桃色の上着に下穿(したば)きは白で足にはダンスシューズを履(は)いていた。

その美しい姿に若月が唖然としていると、

「ドウジョ、お堂の前へ行ってください」と堂前から退き、若月に参拝の位置を譲った。会釈して前へ進み頭を垂れてから手を合わせた。

その手が少し震えているのを自覚した。透き通るような白い肌。濃い眉の下のつぶらな瞳。拝みながら美形の女性は何者であるのか計っていた。しかし、見当はつかなかった。天女か、幻か……。

拝み終わって後ろを向くと女性の姿はなかった。はて、忽然と消えた……。見廻すと女性は堂の横に潜んだようであった。

「お邪魔しました」

一声かけて帰りかけた若月に女性が、「あの」と声だけを寄越した。

「ちょっと、待ってください」

「はァ」

予期せぬ呼び止めを受けたように装(よそお)って若月は踏み出した足を上げたまま振り返った。女性はすでに着替え終わって紺色のシックなツーピースの服で白いハイヒール姿であった。その変身ぶりにも目を見張った。一昔前のアメリカ映画に出てくる「キュート」という形容詞が似合う女性の姿になっていた。

「スミマセン。ここから法隆寺に行くのは、どうしたらいいですか」

堂の横に立ったまま交通の便を尋ねた。

一瞬返答に惑って若月はじっと女性の顔を見続けたが、

「車で来ていますから、送ってあげますよ」

そう言って会釈した。

今度は女性の方が戸惑っている様子であったが、すぐに頷いて見知らぬ男に頼るように近づいた。

「下の駐車場まで来てください。法隆寺は近くですから」

女性の化粧の匂いを嗅ぎながらそう言い、思わぬ展開に若月は平静を装って歩きだした。

車に乗り込むと山の冷気が遮断されて、女性の化粧の匂いが充満しだした。

エンジンをかけてから、助手席に座った少し緊張している女性をまじまじと見て若月は、

「法隆寺へ、行けばいいですね」

と行き先を念押しし、始動させて山を下りた。

山を離れて十分も走れば法隆寺の門前に着いてしまう。信貴山は生駒山系の南部で、その東の矢田丘陵(やだきゅうりょう)の南端に法隆寺は建っている。その間の直線距離は五キロほどである。

「どうして信貴山にきました？淋しいところへ」信仰の山に一人で来ていた女性への疑問を投げてみた。

「うん」

若月の尋問する口調に女性は口ごもっていたが、

「テレビで見ました。絵巻の中に描かれていた、うん、何とか童子の……」

「ああ、ケンガイゴホウ童子ですね」

若月のその一言で女性の顔に微笑がこぼれた。

「あれは面白かったですね。宙吊りになって童子の姿を撮影していましたね」

「あなた、見ましたか」

「はい、昨年末に見ました」

同じ経験をした同類を得て女性ははしゃぎ出した。

「うれしい、あなた、同じ」

テレビで見た剣を持つ童子のイメージを踊りにしたくてここまでやって来た、と異国の女性は言った。

そんな会話をしているうちに、もう法隆寺の門前に来てしまった。門前は観光客であふれ、十年ほど前のひなびた感じは一変して観光案内所などもきれいになっている。

広い参道に車を止めて、

「法隆寺はそこです。中に入るにはあそこで拝観券を買って……」

そう言うと、「お寺行かない、ワタシ、フシノキ古墳見る」

と言って女性は降りかけて、「どうもシュミマセン」と微笑んだ。藤ノ木古墳が見たいらしい。

きらびやかな装身具と二体の遺骨が出た古墳は異国の人も知っているようだ。

「あっ、それならついでに、そこまで行きますよ。すぐそこですから」

このまま別れがたくて若月は女性を引き止めもう一度座るよう促し、法隆寺の正面まで走り寺前の道を左折した。門前から藤ノ木古墳までは歩いても十分で行ける距離だ。

「行っても、何もありませんよ」

田んぼ道を走りながらぽつりと言って、

「丸い古墳があるだけですから」

現場に行ったら落胆するのではないかと思いながら若月は再びぽつりと言った。

「ええ、写真で見ましたから、知っています」

女性も前を向いたままぽつりとそう言って頷き、

「あなた、昔のこと、研究していますか？」と若月のことに関心を示してきた。

「いやいや、歴史が好きなだけですから……」

そう言っているうちにまばらな人家の中にこんもりとした古墳の頭頂部が見えてきた。見過ごして通り過ぎるような小山で、埋葬品が貧弱であれば省みられないような古墳であった。太刀、金属製の帯、鞍の装飾品、金属製の沓(くつ)などが発見された。発掘当初は古墳の上にも横にも沢山木があって風情があったが随分と整備されて古墳の全体が見えるようになっている。しかし整備されてしまうとその分面白味もなくなった。

「どうします。下りて見ますか」

「はい。ここまできたのですから」

「じゃ、あちらへ廻しますから、ちょっと待っててください」

古墳横の岡に登る道に車を入れて止め二人は車を下りて古墳に向かった。向かったといってもすぐ横が古墳で、道の方が少し高くなっているので上から見ると古墳は本当に小さく感じられた。それでも　直径は五十メートル弱、高さは九メートルある。

羨道（古墳の玄室に入る道）は北側についていて、畦道のようなところに下りれば玄室の前まで行くことができる。しかし、周囲には柵が設けられ玄室はふさがれており、今は古墳の形状を見るだけである。南側の墳墓の裾には民家が建っているので、北側からしか眺められない。

　畦道に立って女性は黙って古墳の頭頂部を眺めて、やおら黙想するように目を閉じ、深く頷くと、

「ハイ、もういいです。行きましょ」と横にいる若月の顔を見て微笑んだ。

　女性のあっけない行動に戸惑いながら若月は車に戻った。女性も助手席に滑りこみ、

「トウモ、シュミマセン」と言って再び微笑んだ。

「昔は」余りにも見るものがないので、若月は説明しだした。

「昔はこの辺りまで法隆寺の敷地のようでした。この古墳はミササキと呼ばれていたようですよ。ミササキというのは皇族のお墓ですね。だから、この古墳を世話するために、この前にお寺があったそうです。しかし、今では誰のお墓か分からないのです。貴人が葬られたのに、千五百年もしないうちに誰のお墓か分からなくなるのですから、人間の存在ってはかないものですね。お寺があったころ、四、五百年前までは誰のお墓か分かっていたはずですが。あっ、このお墓には若い男性二人が眠っていたといいます……」

車を止めたまま若月はそう説明し、

「お腹が空いたから、一緒に昼飯でも……」

そう切り出して若月はエンジンを始動させ車を反転させて来た道を戻って法隆寺の前に出て、角の食堂の駐車場に入った。

簡単な食事をして二人はくつろいだ。

若月は名刺を出して名前を名乗った。すると女性も名刺を出し、

「新羅(しんら)芸術舞踏団のコー・ヘジョン」と名前を告げた。

「へえ、踊り子さんですか。だから、きれいな衣装を……」

異国の踊り子に出会えたことを若月は幸運だと思い満面の笑みで頷いた。

「で、日本で公演でもあるのですか」

「ええ、来週から一週間、各地を廻ります。帰ったら、また大阪でお仕事です……。また、お会いしたいですね」

コー・ヘジョンと名乗る女性の方から再会を持ちかけてきた。若月は渡した名刺を取り戻して携帯電話の番号を書き添え、

「時間があれば、電話して下さい」

と再度名刺を渡して握手した。

ＪＲで大阪へ戻るというコー・ヘジョンを法隆寺駅まで送って別れた。その日の若月の頭の中から「仕事」のことが抜け落ち、透き通る白い肌の舞姫を思い浮かべて腑抜(ふぬ)けた顔で自宅まで戻った。

五、齟齬(そご)

コー・ヘジョンと出会ってからは彼女の笑顔が若月の脳裏にちらついてなかなか歴史推理に集中できなかった。しかし、そういう雑念を振り払って「仕事」に取り組まなくては収入に結びつかない。フリーのライターにとっては死活問題であった。

心を新たに自宅で推考を重ねようと、厩戸皇子と隋国との関係を調べるべくパソコンの検索を重ねた。その中で、日本と隋の交流記録について両国の記録に齟齬があることが分かった。

若月の今までの知識では、聖徳太子が小野妹子を隋国へ派遣し、隋の皇帝に高圧的な国書を送った。日本国を「日出る国」、隋国を「日没する国」と認めて、皇帝を怒らせた……。こういう知識が蓄積されていた。

しかし、日本書紀には第一回の派遣といわれる推古八年（６００年）の記録は載っていないという。隋書東夷伝の中では、倭国から来た使いが、「わが国の王の姓はアマ、名はタリシヒコと言い、オオキミと名乗っている」旨のことが記録されているという。

アマ・タリシヒコ。この名前はどう考えても男性名である。

しかし、当時のオオキミは女帝の推古である……。

日本書紀では、隋に使いが送られたのは推古天皇十五年（６０７年）の秋七月のことで、小野妹子が大使として派遣された。ところが、変なことに、このときの派遣団の行き先は大唐……、と記載されている。

小野妹子は翌年の夏四月に唐国の使い裴世清を伴って筑紫に戻っている。六月には唐使を難波に迎え、さらに秋八月には明日香京で歓迎式が行われた。

隋書には、600年に倭国が来た、と書かれており、日本書紀には607年に大唐に大使を派遣したと記載されている。いずれの年も大王（天皇）は推古（額田部皇女）であるはずなのに、隋で報告されたのは、「倭国の大王はアマ・タリシヒコ（男）」である。（隋書では倭国でなく「俀国」になっているがここでは便宜上「倭国」という国名を使う）

日本書紀の書き漏らしなのか。

しかも、日本書紀では小野妹子の行き先は大唐。隋国は末期には混乱しているが、この頃はまだ隋末の煬帝は健在で唐国は誕生していないはずである。唐国を立てる李淵は617年に煬帝の孫王を立てて情勢を窺っていたが、その年に煬帝が殺されたので孫王に代わって自分が帝位に就く（618年）。これが唐国の始まりである。

うーん。

若月の頭の中は不明確なことばかりで、こんがらがってきた。

推古天皇十五年に小野妹子が派遣された時には、皇帝を侮辱する国書を持って行ったので煬帝は激怒したという。小野妹子は捕らえられて危ういところであった話が伝わる。皇帝からの国書を持って帰国した小野妹子であったが、帰国する途中で大事な国書を紛失したと報告している。

　何か変な感じ。若月はこの辺りに何か「秘密」が隠されているに違いない……と日本書紀の推古天皇十五年のところにチェックを付けた。それにしても、日本書紀ができてもう千年以上にもなるのに、なぜこんな問題が解き明かされていないのか、不思議であった。

　江戸時代の国学者や明治以来の歴史学者たちは何の疑問も持たなかったのだろうか。それとも、日本書紀を編纂した奈良時代の役人が混乱して隋国や唐国をごちゃ混ぜにしてしまっただけなのだろうか。あるいは、最後に日本書紀編纂を監督する立場にあった藤原不比等（ふじわらのふひと）の意図でこうなったのであろうか。

　いずれにしても、「真実の欠片（かけら）はどこかに潜んでいる」と自分に言い聞かせる若月であった。それにしても、こんなことを探っていて、「聖徳太子の斑鳩（いかるが）への移住」の理由が分かるのであろうか。

　雑誌社の指令内容を思い出して、思考の方向がぶれているのでは……。若月は少し不安になってきた。

その国を倭国と呼んでいたのかどうか……。

推古十五年に小野妹子が派遣されたあと掌客（記録係）裴世清がこちらにやってきた。このときは筑紫（九州）から難波津（大阪）、さらに大和へ入っており、各地で歓迎したと日本書紀に書いている。

糸口が見付からないもどかしさで若月は焦った。机上の思考では発想の転換ができそうになかった。

もどかしくなって、「斑鳩」のことをもう一度調べてみようと検索を重ねた。

六、斑鳩

これは斑鳩の現地に出かけて思考を膨らませないと袋小路に入り込んでしまう。

焦燥感にかられて若月はまたパソコンで検索を重ねた。

そもそも斑鳩という地名は「イカル」という鳥の名前からきているのだ、という説が一般的らしい。大抵の書物にもそう書いてある。イカル（鵤）というのは嘴の太い鳥で羽に斑点があるのだそうだ。マメマワシともいうらしい。しかし、そんな鳥が本当にいるのだろうか。見たこともない。その鳥の名から斑鳩という地名が……ついた。

鳥の名に詳しくない若月には地名の由縁はそれ以上分からなかった。

何か異国の言葉のようにも聞こえる。

斑鳩を歩かなければ……という想いが胸中に兆してきたが、斑鳩に対するある種の拒否感もあった。というのは、以前に法隆寺から法輪寺までぶらぶらと一人で歩いたとき、ものすごく寂しい想いにかられた。その寂寥感は人が亡くなった時の哀しみに似ていた。何か大きな哀しみごとが斑鳩の地で出来したのであろうか。とくに夕刻にあの辺りを歩くと寂しさが身にしみる……。

よしっ。斑鳩を歩いてみよう。この前は法隆寺の近くまで行ったが、厩戸皇子縁の寺々を廻ってみよう。

翌朝、早目に用意すると午前八時頃に家を出てハンドルを握った。

車で奈良に行くときは何時も大阪府の東北の交野市を通り岩船街道を抜けて行く。街道は生駒山系の北端を登り奈良県側に入る道である。山を登り切ったところには岩船神社があり手を合わせるために若月はそこで車を降りた。その辺りは古代の巨石崇拝が残っており、岩船神社も巨岩が崇拝の対象になっている。谷川をふさぐような巨岩は「天(あま)の岩船」といい、物部氏の祖先がそれに乗って天界から降り立ったという伝説がある。同じような伝説は生駒山系の各地や越後方面にもあるらしい。要するに物部氏が開拓した土地ということであろう、と若月は考えていた。

岩船神社の境内に乗り入れて車を降りると大岩に近寄り拝礼し、「なんとか雑誌社の宿題に応えられますように」と祈った。毎回どこかの神社でこのような祈りをしている。歴史探偵という自ら企画した仕事のつらさを感じるが、自分なりに解決の糸口を見つけたときは満足感を得られるものだ。それもこれも、こういう神社で脳内の感覚が研ぎ澄まされるからだと信じていた。

こういう霊気のあるところで思考の閃きを得ることがある。それは霊感と呼べるものであるかもしれなかった。

境内には一人も参拝者はいなかった。鳥の声だけが山間(やまあい)に響いている。

拝み終わって車に戻ろうとしたとき、携帯電話のベルが鳴った。雑誌社からの原稿の催促ではないかと、恐々(こわごわ)と受話器マークのボタンを押すと先日出会ったコー・ヘジョンの声が響いた。

ヘジョンの用件は「法隆寺に行きたいので、行くときは知らせて欲しい」ということであった。実は今、斑鳩に行く途中だと告げると、「行きたいです。とても行きたいです」とせがんだ。「あなたにも会いたいです」

濁音のない言葉を響かせてねだった。甘い声でそう言われると承諾するしかなかった。「ならば、すぐに電車に乗れますか」と尋ねると、「一時間半で法隆寺の駅まで行けます」と応えたので若月は駅前で待っていると告げ電話を切った。


予定が狂ってしまった。

だが、ちょっぴり嬉しい予定外れであった。携帯電話の時刻を見ると九時前であった。別に時間を区切って行動している訳ではないが、ヘジョンを法隆寺駅で待ち受けるには四、五十分の時間の余裕ができてしまった。その時間埋めに岩船神社の近所にある山小屋風の喫茶店に寄ることとした。

ログハウスの喫茶店でコーヒーを飲みながら若月はヘジョンの先日の姿を思い出した。

信貴山ではチマチョゴリ姿で踊りの所作をしていた。藤ノ木古墳の前では目を瞑(つむ)って拝むような仕草を見せた。それはまるで故郷の墓前での所作のようにも見えた。

面白い女性だ。何か変なところに興味があるのだな……。しかも、異国の人。そんなことを考えながらコーヒーを啜り時間をつぶした。


若月が法隆寺駅に着いたのは十時二十分頃であった。それから十分ほどしてコー・ヘジョンは改札から出てきた。この前と同じ紺のセパレートスーツ姿であった。素顔のような薄い化粧でピンク色の唇に笑みを浮べていた。ヘジョンの姿を見付けると若月は車を降りて出迎えた。

「どうもすみません。待たせましたか」

「いいえ、今きたところですから」

若月も微笑み返した。

「今日は法隆寺に行きたいのですね」

「ええ、あなた、イイデスカ」

「ええ、付き合いますよ」

「すみません」

そんな会話を交わして二人は法隆寺に向かった。法隆寺に行くのは若月には予定外であったが、苦にはならなかった。

法隆寺門前の駐車場に車を入れると、二人は早速に南大門を潜った。門を入って真っすぐ進むと中門に至る。中門内の左に五重塔が安定感のある佇まいを見せている。コー・ヘジョンは塔の下を左に廻りながら上を見上げてさっさと歩き出し、ときどき後ろに付く若月の顔を見て上を指差す。何を言っているのか分からず若月は曖昧に頷いていた。

五重塔のある正面から見て左の地域は西院地区と呼ばれ、厩戸皇子が斑鳩寺を建てた地域と重なっているが、重なっている部分は四割ほどで、往時の寺域（若草伽藍）は西に二十度傾いている。この傾きは太子道の延長の角度と同じだから、往時はこの辺りまで太子道が伸びていたことが推測できる。なお、世界最古の木造建築といわれるが，今の伽藍は太子当時のものではない。厩戸皇子没後五十年ほど後の、天智天皇九年（６７０年）に全焼しそれから徐々に再建されたものであろうといわれている。我々が見ている法隆寺が建てられた時期や施主については、実は、はっきりとしないらしい。それなのに世界最古の木造建築……。最近の建材検査では飛鳥時代の古材が使用されているという。

立ち止まって上を見上げているヘジョンに近づくと、「ほらっ」と若月に上を見るよう指差した。どうも塔屋（とうや）の上の相輪を示しているようだが、若月の近視眼には何も見えなかった。ジャケットの内ポケットから眼鏡を取り出し手をかざして若月は再び見上げた。その様子が可笑（おか）しいのかヘジョンはウフッフと笑った。

「あなた視（み）えますか」

頷きながら「ありゃっ、なんだ、刀剣ですか。あんなところに」と言って若月はヘジョンの顔を覗（のぞ）き込んだ。

「カマですよ。カマ」

「鎌か。へえー。よく知っていましたね。へえー」ヘジョンの物知りに感心し、同時に相輪に鎌が挿してある不思議さを思った。九輪の下部に刃を外に向けて四本の鎌が挿してある。何となく信貴山の剣鎧護法童子（けんがいごほうどうじ）が背負っている多くの刀剣を思わせた。

それにしても、異国人のヘジョンがこのようなことを知っているとは……。

「あなたは前にも、ここに来ましたか」思わず若月はそう問いかけた。

「いいえ、ハシメテ、ハシメテ」

と首を振って笑った。

「今日が、初めて、てすよ」

「あの鎌のことをよく知っていましたね」

「昔から、知っていましたよ。だって……。いえ、不思議のこと、知っていました。どこかで読みました」

　とちょっと戸惑った表情を見せ、背を向けて右手の金堂に進んだ。

　薄暗い金堂内には薬師、釈迦、阿弥陀の三尊が並んで拝観者を待ち構えていた。

　中央の釈迦像のお顔は馴染みのもので、法隆寺を象徴するような神秘さをたたえている。釈迦像は厩戸皇子の姿を写したともいわれている。その釈迦像に一礼をしてヘジョンが神妙に拝んでいるのを若月は横目で眺めながら金堂を出た。

　次いで西院地区の端にある大宝蔵院に入った。ここには沢山の収蔵物が置いてある。中でも興味をそそるのは「玉虫厨子（たまむしのずし）」である。子供の頃に童話か何かでこの厨子のことを読んだ記憶があったような気がしたが若月は思い出せなかった。たしか、虫の羽を表面に張って黄金に輝く厨子が完成した……。そんな話であったと思うが、そこに置いてあるのは土色に古びた厨子であった。この厨子は推古天皇の御物といわれているらしい。もうひとつ、橘三千代（たちばなのみちよ）の厨子というのも置いてあった。三千代は藤原不比等（ふじわらのふひと）の妻で、光明皇后（聖武天皇の后）の母でもあるから、奈良時代に藤原氏族の法隆寺に対する接し方が偲（しの）ばれた。

　八頭身のスレンダーなお姿の百済観音像も以前はここにあったが、すぐ横に新しく観音堂が建てられてそちらに安置されていた。

多くの収蔵物を見た後、東院地区に向かった。ここは斑鳩宮（いかるがみや）があったといわれる所であるが、拝観者が見るべきものは夢殿（ゆめどの）ぐらいしかない。しかし、今日は夢殿の救世観音（ぐぜかんのん）のご開帳もないので、八角形の建物を眺めるしかなかった。しかし、写真でお馴染みの夢殿の姿は古さびているので見る値打ちはあった。なんだか神さびた感じがした。


法隆寺の隣に中宮寺がある。法隆寺を出て中宮寺に行くか若月は迷った。

中宮寺は厩戸皇子の母が住んだ宮を寺にしたといわれる。しかし、今の中宮寺は近世に再興されたもので、昔の中宮寺はそこより半キロほど東にあったといわれる。今の若月は昔の「斑鳩」の匂いを嗅ぎに来ているので、新しい中宮寺には興味なかった。すると、ヘジョンも法隆寺の東大門を出ると、中宮寺の門を潜らずに左へ曲がった。そこは中宮寺の築地塀と東院の間の幅の狭い道であった。そこはまさしく斑鳩宮遺構の真上であるらしい。道は次第に勾配を増して曲がりくねった道につながっている。少し広い道に出て振り返ると法隆寺の甍が眼下に見え五重塔の相輪が一瞬光明を放ったように見えた。

「次は、法起寺に行きますか」

「はい、そういたしましョ」

あっさりとそう言いヘジョンはさっさと歩いて行く。

法起寺と法輪寺は矢田丘陵の麓の東西に並ぶように建っている。まず遠い方の法起寺に寄った。

法起寺は岡本宮があった所といわれている。しかし、それがどういう宮であったのか詳しくは分からない。後に岡本尼寺と呼ばれたというから、厩戸皇子の媛（ひめ）でも住まれた跡かもしれない。発掘調査では、宮跡らしき遺構が見つかったという。伝説ではこの岡本宮で聖徳太子が法華経を講じられたということである。

法起寺の三重塔を眺め、弥勒菩薩（みろくぼさつ）を見てから法輪寺まで歩いた。

三井というのがその辺の字名で往時には三つの井戸があったらしい。生駒北方から流れ出た富雄川（とみおがわ）が蛇行しながら斑鳩周縁を流れて大和川に注いでいるので、豊富な地下水脈があったのであろう。今は水量の乏しい富雄川であるが、昔は矢田丘陵の裾を潤していたと思われる。

法輪寺には鞍作鳥（くらつくりのとり）作と伝わる木造の薬師如来坐像があった。鞍作鳥は飛鳥時代の仏師で蘇我氏の崇仏（すうぶつ）に応えたことでも有名である。飛鳥寺の飛鳥大仏も彼の一派が造ったといわれている。法隆寺にも鞍作一派の造仏があった。

鞍作鳥は中国南朝の梁（りょう）から渡来した司馬達等（しばたつと）の孫といわれる。鞍作鳥が造った坐像をまじまじ眺めてヘジョンは溜息をついて何回も手を合わせた。余程に気に入ったらしい。

法輪寺を出たときには陽は少し傾いてきた。広い法隆寺内を歩き廻るのに二時間ほどかかったから、もうすぐ三時になる。そういえば、昼食もまだであった。陽が翳(かげ)る前に車まで帰りたいと思っている若月は足早に歩いた。法隆寺前の駐車場まで戻らなければならない。

法輪寺を出て法隆寺方向へ歩いた。

南に向かっている道には他の人影はなかった。若月は歩きながらそぞろ寂しさを感じていた。夕刻の斑鳩の道。若月は苦手であった。横にヘジョンが歩いていても、孤独な寂しさを抱えて暗い道を歩いている感覚を若月は覚えた。

その若月を独り歩かせてヘジョンは道の右手にある木々が茂る岡の方をじっと見詰めて立ち止まった。およそ人の手が入っていない岡に見えた。その岡の日陰になって道の辺りは昼間にもかかわらずひんやりとしていた。若月は少し先に歩いて行楽客用の東屋(あずまや)があったのでそこに座って一息ついた。

ヘジョンがなかなか来ないので若月は後戻りしてヘジョンが呆然と佇むところまで戻ったが彼女は気づかない。岡を見詰めるヘジョンの肩にそっと手を置いて若月は顔を覗き込んだ。

見るとヘジョンは目を瞑(つむ)っていたが、その目じりからは涙が落ちていた。

おい、どうした。若月はヘジョンの肩を揺すった。が、そのとき若月は陶酔するような、いい気持ちを後頭の周辺に感じ、そのままじっとしていたい気分になった。

自分が置かれている状態を認識したが、陶酔感が次第に体全体を包んで若月の意識は薄れて行った。まるでヘジョンの唇を吸っているようでもあり、女体を弄(まさぐ)っているようでもあった……。脳髄から快感が入り込んで陶酔感のなかで若月は幻影を見ていた。

慌しく男たちが行き交っている。

松明(たいまつ)を掲げた白い服の男たち。あれは古代の衣装……。えっ、俺が古代の中に入っている。若月は目を瞠(みは)って眼前に展開する騒擾(そうじょう)劇を眺めた。

眼前にある岡は紛れもなく法輪寺の南の岡。その岡の前に立っていたはず……。いや、立っている。先ほどまでの現実の位置と変わらない。変わっているのは眼前に展開する史劇のような男たちの動き……。夜の帳(とばり)の中で白い服と松明が行き交い、辺りに緊張感が漂っている。

右手からは負傷者が担架に乗せられてやってきた。担架の列は連綿と続いている。若月は道の端に退いて担架が運ばれて来る「元」を確かめようとした。暗くて明瞭ではないが、山から下りてきているようである。あそこは、法輪寺の上の、松尾山（まつおさん）。なぜ、あそこから担架が下りてくるのか……。担架で運ばれて来た者たちは道の先で仕分けられているようである。生者と死者に。

「うおっ」

暫くの静寂の後、松明を掲げた三人の男が眼前を急いで南の方へ駆けて行った。

「衣摺（きぬずり）が危ないぞ。援軍はおらぬか」

「疾（と）くせよ。河内に兵（つわもの）を送れ」

「武器はないか。弓箭（やがら）は尽きたぞ」

各々が喚（おめ）いて必死の形相である。相当に逼迫（ひっぱく）した事態であるらしい。

男たちの形相は必死であるが、その喚（おめ）きは遠くの声のように小さく聞こえている。まるで監視カメラのモニターを見ているような感じであった。衣摺という地名は東大阪市にある。衣摺には確か物部氏の別業（下屋敷）があったとか。そこを攻めているのか……。

「あっ、大臣（おおおみ）さま」

南の方でどよめきが起こった。馬に乗った集団が南から来て八角形の天幕のような所で止まった。若月がいる所からは随分と遠くであるが、そこだけあかあかと灯りが点り人影がはっきりと分かった。

オオオミ、と言ったから、あれは大臣蘇我馬子の一団であるのだろうか。蘇我氏と物部氏の争いで、劣勢に立たされている蘇我氏の大将、といった情景なのであろうか。

「松尾山を守れ。北の守りだ」そんな声も流れてきた。

明日香京から見て西北の守りが松尾山なのであろうか。目に見えない聖なる基軸線が松尾山山頂を通っているのかもしれない。以前に調べた太子道の延長線もあの山頂へ伸びていた。

暫くすると先ほどの騎馬の集団が留まった所へ新たな集団が到着した。

どうやら兵団であるらしかった。一旦進行を止めた兵団はまた動き始め若月の目の前を通って山に上って行った。兵団が道いっぱいに広がってすぐ眼前を通過するのに若月と接触しない。映画の群集シーンを見るような不思議な感覚。

どこに行くのだろう。

行き先を思考したとき、若月は自分の行動を思い出した。斑鳩に来るために若月は枚方市、交野市を通って岩船街道から奈良側に入った。ということは松尾山を上って山道を歩いて行けば交野に出る。松尾山のある矢田丘陵の中腹には南から北まで道が付いている。以前にハイキング気分で歩いたことがあった若月はその道を思い出した。やぶ蚊ヤブトを追い払いながら5、6キロ歩いたことがあった。細い道であったが、古代には通行量の多いしっかりした道であったのかもしれない。

ということは、兵団は北河内(きたかわち)の交野へ行くのか、それとも、途中で西への道を取って物部氏の拠点である中河内(なかかわち)に行くのかも……。ともかく、戦闘の前線に向かうのであろう。

また、新たな集団が到着した。今度は体格が劣っている。稚児のようである。頭に白い鉢巻をした集団。戦闘に子供まで借り出しているのだろうか。

暫く滞留した後、稚児の集団は動き出した。二人の僧侶が先導し二十人ほどの稚児が従いその後に馬に乗った青年が続き、最後に武器を持った二十人ほどの男たちが進んだ。

「オン　ベイシラマヤ　ソワカ。オン　ベイシラマヤ　ソワカ」口を開けないようにして稚児たちは呪文を唱えている。馬に乗った青年は口を一文字に結んで目を開けているのか分からないぐらいの薄目で緊張した表情を見せていた。青年と見えたが、まだ少年といった方がいい位の年齢で、細身であった。

稚児たちが唱える呪文を聞いた記憶が若月の脳裏によみがえった。

えーと。そうだ、信貴山の朝護孫子寺で祈祷の太鼓の音の横で聞いたのか、それとも、どこかに毘沙門天の真言として書かれていたのか……。定かではないが……。

毘沙門天の真言とすると、毘沙門天は北の守り神であったはずだから、明日香京の守りを固めるための何か宗教的な儀式を山頂で行うのかもしれない。

稚児の行列を見ながら若月はそんな思考を巡らせていた。

と、真横で誰かが稚児に向かって手を振っている。えっ、誰なのか。誰が手を振っているのか。ヘジョンか。ヘジョンが手を振っているのか。横にいるはずのヘジョンの姿は見えなかった。

「あなた、ドウシマシタ」

突然誰かが背中を叩いた。

「あなた、ネムッテイマスカ！」ヘジョンの声が耳に響いた。

うっ。

はっと気づいたときには若月は現実世界に戻っていた。あれっ、今何をしていたのか。道の端に立って岡を見詰めている自分に戻った若月は横に立つヘジョンを見た。ヘジョンは笑いながら若月を気遣っていた。

「大丈夫ですか」

ヘジョンの声に若月は頷いたが、暫く覚醒できないでいた。

「あれ、まだここにいたのか。駐車場まで急ごうか」

幻想から立ち戻った自分を取り繕うように、若月はそう言って歩き始めた。

先ほどまでヘジョンが眺めていた岡を廻り込んだところに表示板があったので若月はそちらの方へ歩いた。

表示板は二つあり『中宮寺宮墓』と『陵墓』であった。ずっと岡への道を進むと、一般の墓があり、その奥に柵がしてあって大きな墓があった。陵墓というのは中宮寺に関わりのあった江戸時代の皇女のものであるらしかった。中宮寺は門跡寺(もんぜきでら)（皇室にゆかりの寺）であったので、江戸時代に中宮寺に入った皇女がそこに葬られたらしい。昔はその岡も中宮寺の境内であったのであろう。

その岡が墓地であることは昔からそうであったのであろうし、若月が幻想を見た古代の死者もそこに葬られたのかもしれない。

その岡を離れて法隆寺方向へ行きかけてすぐに、ヘジョンは立ち止まって道の反対側のこんもりした茂みの方に向かって一礼した。その茂みは先ほどの岡と向かい合っている。ヘジョンの行為を不可思議に思いながらも少し待ってそのまま歩いたら、斑鳩神社の横に出た。ここにそんな神社があることを若月は知らなかった。

ヘジョンに目配せして古びた石階段を上って神社に寄った。古代から続いている神社のようであった。天満宮と書いてあるが、それは恐らく後の世に合祀されたものであろう。境内を掃いている人がいたので、「相当古い神社ですね」と声をかけてみた。

六十台と思しき掃除していた白い法被姿(はっぴすがた)の男性は、「昔はここまで、法隆寺の境内であったということです。まあ、境内地の鬼門にあたりますからね」と言って頬を弛めて、「よくお参りくださいました」と頭を下げると箒(ほうき)を動かしながら去って行った。

成るほど。納得しながら若月はもっと何かを尋ねたい気持ちを抱えて神殿に礼拝して振り返ると、男性の姿はもうなかった。まるで若月の到来を待っていたみたい……。高みにある小さな神社は森閑としていた。


おっと、ヘジョンはどうした。

見当たらないので階段を下りると、ヘジョンは石段の下で先ほどの岡の方角をじっと見詰めていた。

さあ、帰りましょうか。

佇(たたず)むヘジョンに声をかけた若月は道を急いだ。早春の夕刻の冷気が頬をなでた。ヘジョンも急ぎ足で付いてきた。下り勾配の道を急いで再び中宮寺横の狭い道を進んだ。その狭い道を前方から車がやってきた。中宮寺の塀に寄りかかって車を遣り過ごすためにヘジョンのスーツをつかんで引き寄せた。彼女の服には温もりがなかった。

車を遣り過ごした後、ふと見ると目の前に『斑鳩蕎麦（そば）』の看板があった。おお、ちょうどいい。体を温めて遅い昼食を摂ろうと、ヘジョンを抱き寄せたままその店に入った。温かい山菜蕎麦を啜り込みながら若月はヘジョンの不可思議な行動を考えたが思考の焦点は定まらなかった。そうそう、岡とは反対側の茂みにも視線を向けていた。あの茂みのことも調べなければならない。そんなことを考えながら蕎麦を啜り、食べ終わるとすぐに駐車場に向かいヘジョンを駅まで送った。

夕方の込み合った道路を通って大阪北郊の家に帰ったときには午後七時を過ぎていた。パックライスを温めて残り物をおかずにして夕飯をかき込むと若月は気になっていたことをインターネットで調べた。

それによると、墓地の岡の反対側にあった茂みは『岡ノ原』と呼ばれる所で、『富郷（とみごう）陵墓参考地』となっていることを知った。しかも、聖徳太子の長子の山背大兄王（やましろのおおえのおう）の陵墓ではないかといわれていると書いてあった。

山背大兄王は後に蘇我入鹿たちに一族もろともに殺された、と日本書紀に書かれている。しかし、この殺戮（さつりく）こそが日本書紀によるでっち上げの中心をなすもので、蘇我氏を悪人として描くための架空の殺戮ではなかったのか、という説もある。

その説では、そもそも山背大兄王という人物は架空の設定人物で、その人の陵墓があることが眉唾（まゆつば）なことになる。

若月も蘇我入鹿たちによる山背大兄王一族の抹殺は架空のものと思っている。この記録によって、蘇我氏本家を歴史上から抹殺したのが後の世の藤原氏――。こういう構図が若月の頭の中ででき上がっている。

岡ノ原という陵墓参考地があることを知って若月の思考はますます混乱してきた。

しかも、斑鳩で見た幻想。あれは単に泡沫（うたかた）の夢を見ただけなのか……。ヘジョンを媒介とした幻想夢なのか……。コーヒーを啜りながら若月は遅くまで眠れなかった。

寝床に入って天井を見詰めたまま、昼間に見た幻影を頭の中で再現した。

戦の慌しさ。負傷者と死者。松尾山への道。武器を持った男たち。あれは蘇我氏と物部氏の戦の残影であったのか……。おおっ、そうだ。稚児の列。戦勝のための祈り。馬上の痩躯（そうく）の少年は厩戸皇子であろうか。凜（りん）として裡（うち）に決意を秘めた表情であった。

あっ、そうそう。

法隆寺の相輪の鎌のことも調べなければ……。調べたり考証したりするべきことが多くて……、このたびのテーマは手に負えないのではないか。

若月宏治の脳内では行き先のない思考が彷徨（ほうこう）した。

七、謎々

翌朝目覚めたときには昨日の幻影の興奮が残っていて頭はなかなか覚醒しなかった。

それでも「あれのことを調べなければ……」とまたパソコンで検索を重ねた。法隆寺の五重塔の相輪に嵌められた鎌のことであった。

検索の結果では「法隆寺の七不思議」のことが書かれていた。昔から多くの謎が潜んでいて、興味本位もあって七不思議と喧伝（けんでん）されているのであろうか。京都の知恩院にも七不思議があって、御影堂（みえいどう）の鶯張り（うぐいすば）の廊下、軒天井の忘れ傘は特に有名である。

法隆寺の七不思議は以下の通りであった。

・伽藍に蜘蛛の巣が張らない。
・地面に雨だれの穴が開かない
・南大門の前に鯛石といわれる鯛の形の石がある。
・境内に三つの伏蔵がある。（金堂の下、経蔵の下、大湯屋の前）
・境内の因可池の蛙は片目である。
・五重塔の相輪に大鎌がある。
・夢殿の救世観音の前の礼盤（僧侶用の座席）が汗をかく

どれも取りとめもないものとも、隠れた意味があるようにもとれるものばかりである。

そもそも現在見られる法隆寺は厩戸皇子時代の法隆寺とはまったく別物であるはずだ。灰燼に帰した後に、元の法隆寺と斑鳩宮の跡地に建てられたものである。七不思議が厩戸時代からのものか、それとも再建された後の七不思議なのか……。まあ、後者とするのが妥当なことであろうが、明日香時代のなにかしらの異様さを含んでそういう噂が立ったと思われた。

伏蔵というのは隠し倉のことであろうか。大湯屋の前というのは空き地の下のようで、今でもそこの地には結界の縄が張られ注連縄がかけてあるという。残念ながら若月は先日の訪問の時には気がつかなかった。インターネットでは写真付きで紹介されていた。そういう写真を見せられると、なるほどと納得してしまう。

しかし、取り付く島もない。七不思議を見て若月は溜息をついた。

現代人の自分には理解しがたいが、古代の人には納得できるものであったのかもしれないと自分に言い聞かせて若月はその七不思議を記憶した。

それにしても、コー・ヘジョンはそのうちのひとつを指摘した。法隆寺には七不思議があることを若月に教えたかったのかもしれない。いや、それにしても、彼女は一体何者なのか……。若月は暗闇の中に迷い込んだ思いを強めた。


検索の結果を眺めているうちに若月はもうひとつ「太子」にまつわる仲間集団があることを思い出した。「太子講」のことである。

以前に居住地の市民講座で「太子講」の話を聞いたことがあった。

古代からある西国街道沿いに古い太子堂が残っており、それにまつわる話であった。それによると太子講とは古代から近世まで続いている大工組合であるという。江戸時代の太子講の記録が当所に残っていてどういう「講」であったかが分かるという。

たとえば、御所(ごしょ)から普請や修理の以来があった場合、役所から命令が下りその下命を受けて太子講に属する大工たちが太子堂に集まり出仕日や仕事場の割り振りを決めたそうだ。

とかく仕事にまつわる話し合いは揉(も)め事も多いので、聖徳太子の霊前で相談事を決めて争いがないようにするシステムであったようだ。市民講座で太子講の話を聞いたとき旧街道沿いに建つ小さな堂がそんな歴史を秘めていることに驚いた。

そうだ、太子講のことも調べようと検索してみると、なんとその太子講は地方では今でも続いているところが多いようであった。古代からのシステムが現代もまだ機能しているというのも驚きである。

太子の木像か、太子の肖像を描いた掛け軸を前にして話し合いが行われるらしい。今は話し合いより、お祈りと親睦の意味が強くなっているようである。太子像はたいていの場合少年像や幼児像で、右手に柄(え)の付いた香炉のようなものを持っている。香炉のようなものは曲尺(かねじゃく)だという説明が書いてある。

今は独り働きの職人さんが少なくなって大工さんぐらいしかいないので、今では太子講といえばイコール「大工組合」という意味合いが強いが、昔は大工以外の職人も太子講を形成していたと説明にある。検索結果から拾ってみると、下駄屋、かわら職人、建具屋、鋳物師(いものし)、指物師(さしものし)、左官、鳶(とび)、井戸掘り、樵(きこり)、鍛冶屋、石工など、あらゆる職人が含まれていたらしい。

富山県の高岡市では、大工の太子講が会員数減少で滅亡寸前だという報告がされていた。高岡市といえば銅器や鋳物で有名であるから、おそらく昔は金属加工の職人の太子講も盛んであったと思われる。

なぜに、聖徳太子は職人たちからかくも慕われるのか……。もうひとつピンとくるものがない。聖徳太子が法隆寺や四天王寺建立を意図されたというだけでは納得できない。それとも、曲尺という物差しを聖徳太子が発明されたという故事によるのだろうか。それならば、少しは理解できる。

しかし、曲尺というのは、大工さんが持っている金属製の物差しで直角に曲がったものをいうが、太子像が持っているのは柄の付いた香炉のようなものである。

曲尺のことについて調べると、曲尺は明日香時代よりも三百年も昔に後漢の時代に発明されたらしい。二、三世紀頃に発明された曲尺がわが国へ伝わり厩戸皇子が職人に普及させたのかもしれない。

ウエッブ上でこの曲尺の使用説明を拾ってみると、大変なツールであることが分かった。丸太の直径を計るだけで、丸太の円周の長さが瞬時に分かるのだという。円周率を掛けた目盛りが曲尺の裏に刻んであるのである。中学校で習った円周率が、すでに二千年近く前に理解され道具になっていたのである。曲尺一本で正多角形も描け、傾斜率も割り出せるという。

何気なく見ていた大工さんの道具がなんだか魔法のツールのようにも思えた。魔法の杖である。大工さんだけでなく、あらゆる職人にとっても使い勝手のある道具である。その道具を持つ太子像が崇められているのも分かる気がした。ただ分からないのはなぜ聖徳太子と曲尺が結びついたのか……ということである。

太子講を検索した夜、テレビを見ていたら、寺社普請の建設会社K組のことが紹介されていた。K組は聖徳太子の時代から続く世界最古の建設会社で、もともとは厩戸皇子が四天王寺を造立したときから存在する大工集団だといわれている。

そのK組もバブルがはじけて左前になり現在は再建中であるが、三十九世の棟梁が古来の行事を守っている姿が映っていた。正月の仕事始めには手斧(ちょうな)で材木を削る「ちょんな(手斧)初め」という儀式が行われ聖徳太子に一年の無事を祈る。これと、おなじような儀式が各地の大工組合の太子講でも行われていた、と推測できた。現在では形骸化した各地の太子講は大抵一月の下旬に行われているようである。正月の行事だけが伝統行事として残ったのであろうか……。

法隆寺の七不思議。鎌が取り付けられた五重塔の相輪。太子講……。それと斑鳩との関係。謎は深まるばかりで若月宏治は混乱した頭を抱えるばかりであった。

八、物部（もののべ）

混乱した頭を整理するため若月は日本書紀を読み返し物部氏と蘇我氏の争いを振り返ることにした。

敏達天皇十三年、大臣の蘇我馬子は仏教を信奉するため修行者を求めたところ、高麗（こま）（高句麗）の恵敏（えびん）という者が播磨（はりま）にいることを知りその法師を師とした。大和国高市郡の渡来人司馬達等（しばたっと）の娘島など三人の女性を出家させて尼とした。

師と尼を得たことで馬子は大和の高市郡石川にある自分の館に仏殿を造り仏教信奉を始めた。さらに敏達天皇十四年、馬子は仏塔を建てたが病気になった。また市中でも疫病が流行り多くの民が死んだ。

この状況を見て、大連(おおむらじ)の物部弓削守屋(もののべのゆげのもりや)と大夫(まえつぎみ)の中臣勝海(なかとみのかつみ)が天皇に「疫病は大臣の仏教信奉のためだと」申し出た。すると天皇は「仏法を断て」と命じたので、物部弓削守屋は馬子が造った仏塔を壊し燃やし仏像を持ち去り、それを難波(なにわ)の堀江(ほりえ)（運河）に捨てた。天皇の命令に馬子は抵抗しなかった。三人の尼たちも罰を受けた。ところが、その年に敏達天皇は崩御された。

かくて用明天皇が即位し磯城郡(しきのこおり)の磐余(いわれ)に大宮（池邊雙槻宮(いけのへのなみつきのみや)）を造られた。厩戸皇子の父王である。大臣、大連は元のごとく蘇我馬子と物部弓削守屋が務めた。

用明天皇二年、天皇はご病気になられ、「朕(われ)は仏教に帰依(きえ)しようと思う。臣下たち審議せよ」と仰せられたので会議がもたれた。

物部守屋と中臣勝海は、「国の神に背(そむ)いてなぜ天皇は異国の神（仏教）を敬い賜うのか。今までそんなことをされた天皇はおられない」と天皇の意向に異議を唱えた。

馬子は「なんでそんなことを言うのか。天皇の意向通りにしよう」と二人に反論した。議論の最中に内裏に法師が入ってきた。天皇の意向通りなのか、もう仏教への帰依が始まったようであるが、両者のにらみ合いは続く。物部守屋の耳に、諸臣が守屋を暗殺しようとしているという情報が入り、守屋はあわてて河内(かわち)の本拠地に帰り人を集め戦の準備をする。

中臣勝海も館に帰り物部守屋の陣営に与(くみ)する準備をする。馬子に味方する敏達天皇の皇子たちを呪う祈りをする。しかし自分らの側が不利であるのを悟り中臣勝海は逆に皇子たちに擦り寄って行くが本心を見抜かれて、舎人(とねり)（皇子の従者）の一人に殺される。

そうこうしているうち、秋四月に用明天皇が崩御される。

替わって、欽明(きんめい)天皇の皇子「泊瀬部皇子(はつせべのみこ)」が次の天皇に指名された。崇峻(しゅしゅん)天皇の登場となる。崇峻天皇の母は、蘇我稲目(そがのいなめ)の娘小姉君(おあねきみ)であるから、蘇我の血を引く天皇である。

物部守屋はこのとき穴穂部皇子(あなほべのみこ)を天皇に担ごうとして軍衆(いくさ)を集めた。そのため、蘇我馬子は物部に味方しようとした穴穂部皇子と宅部皇子(やかべのみこ)を誅殺(ちゅうさつ)した。それが六月の頃であるから、用明天皇の死後、まだ新しい天皇は即位されていなかったと思われる。

七月になって蘇我馬子は皇子たちや諸臣を集めて物部弓削守屋を討とうと計る。日本書紀には馬子側の皇子たちや豪族たちの名が沢山書いてある。皇子たちや諸臣はそれぞれ軍衆を率いて河内に繰り出す。

河内の渋河(しぶかわ)の家などに拠る物部軍は抵抗し馬子側の軍は何度も退却を余儀なくされる。そこで少年の厩戸皇子はヌリデの木で四天王像を造り髪に挿し「この戦に勝てば四天王のために寺を建てる」と誓い味方軍を鼓舞する。蘇我馬子も同じ誓いを立て進軍する。すると、たちまちに敵軍は破れ散った。

これが、蘇我氏と物部氏の戦のあらましである。ところが、そこにこんなことも書いてある。

『蘇我の大臣の妻は物部守屋の妹である。大臣は妻の計略で大連を殺せり』この一文がどうにも分からない。蘇我馬子と物部弓削守屋は義兄弟の仲であり、従来から親しかったはずである。大臣と大連という今日的には首相と副首相の立場の二人が義兄弟であったのだ。その二人が宗教対立で殺し合いをする……とは思えない。

しかも、『大臣は妻の計略で大連を殺せり』という一文も解せない。馬子の妻が守屋の潜んでいるところを教えたというのだろうか。あるいは、馬子の妻が作戦を練ったというのか。はたまた、四天王に祈ることを馬子の妻が主導したので、戦勝したというのだろうか。

この後、日本書紀は守屋の従者が河内から和泉に逃れて果てた様を克明に記す。騒動が治まって後、崇峻天皇は即位する。

この年、百済から僧侶が仏舎利（ぶっしゃり）（釈迦の遺骨）をもたらし、百済役人が献上品を奉呈し、多くの工人がやってきた。寺大工、銅盤職人、瓦職人、画家などの職人である。蘇我馬子は百済僧に受戒の法を得る方法を尋ね、先に出家した善信尼などを受戒のために百済に連れ帰ることを願った。ついで明日香に法興寺（飛鳥寺）を建て始めた。

内紛から戦になったにしては、すんなりと仏教の信奉が進んでいる様子が伺える。なにか肩透かしされているような感じさえする。百済の僧侶や工人たちがやって来るタイミングもちょっと変である。天皇の仏教信奉が審議された直後、諍(いさか)いが起こり戦争になりようやく治まったタイミングに寺を立てる準備と思われる工人が海外からやって来た。それは早すぎるでしょう……。若月は思わず日本書紀の記述への不信感を呟(つぶや)いてさらに疑問を深めた。

崇峻天皇即位の年は以上のような状況であった。崇峻二年の記述はごくあっさりしていて北方の国境の調査と、多くの出家者が誕生したことを記すだけである。このとき、司馬達等(しまたっと)の子、多須奈(たすな)も出家して徳斉法師(とくせいほうし)という法名を得た。

崇峻三年の記事は書かれておらず。崇峻四年には前々代の敏達天皇を磯長陵(しながりょう)に埋葬した記事の後、突然に天皇が『任那(みまな)を建てたい（朝鮮半島にあった任那国を復興したい）』と言われたと記し十一月には二万の軍勢を筑紫に派遣し、新羅と任那に遣使した旨(むね)が書かれている。

二万の軍勢を派遣したのに、記述は余りにも簡略に過ぎる……。ここに日本書紀の筆者が隠匿(いんとく)したい何かが潜んでいるようにも思われた。人口が今よりうんと少ない時代に二万の軍勢を筑紫に送るというのは大変な事業であるはずだ。そんなに早急にできる軍事ではない。しかもその軍勢のその後について何の記述もない。単に朝鮮半島を威嚇するだけの軍事であったのか……。

任那というのは朝鮮半島南端にあった小国家群のひとつで、そこに日本府があったと思われるところである。日本府の解釈には諸説があり、そこにわが国の出先機関があったという説や、いや、そこを支配していたのでわが国の一部であったという説など定説はない。それよりも、隣国との微妙な問題を含んでいるので、歴史家は余り触れたがらない箇所である。

馬子の時代には朝鮮半島南部は新羅の版図になっていた。新羅の領土内の『任那を建てたい』とはどういうことか。

こういう経過を経て崇峻天皇五年に至り、天皇が蘇我馬子を誹ったというので、馬子が天皇を弑逆した。天皇を抹殺したというのである。えっと驚くような結末を迎えることになる。本当かいな……。こういう場面では日本書紀は詳述しない。あっさりと書かれているところに懐疑を挟まないでおれない。何か隠している……。自分が立てた天皇を蘇我馬子が刃を向ける……。後世、蘇我馬子は大悪人だと決め付けられる根拠になっている事件である。

蘇我氏と物部氏の諍(いさか)いに関して同じような記述がもう少し前にもある。

蘇我馬子の父蘇我稲目(そがのいなめ)のときに、百済から仏像が送られてきてそれを崇(あが)めるかどうか審議したときである。当時の欽明天皇が諸臣に仏教信奉を諮(はか)られたとき、外国の神を崇めるより国の神を崇めよと大連(おおむらじ)の物部尾輿(もののべのおこし)と連(むらじ)の中臣鎌子(なかおみのかまこ)が主張した。大臣の蘇我稲目が館を寺として仏像を祀(まつ)っていたら疫病が流行ったので、「速やかに仏像を捨てるべし」と尾輿らは誹(そし)った。天皇が、そういたせと申されると役人が仏像を取り上げ難波の堀江に廃棄し寺を焼き払った……。

崇峻天皇のときと同じような状況である。このときには諍いだけで戦にはならなかった。

蘇我稲目、物部尾輿の時代に任那国は新羅に侵略されて取られたという。朝鮮南部の加羅(から)や安羅(あら)など小国家十国が新羅の支配下に入ったのである。日本書紀の記述では、新羅はしきりに使節を送ってきているから、何らかの交渉があったと思われ、交渉の末に任那が新羅支配下に入ったとも考えられる。

新羅が任那を侵略して奪い取ったという雰囲気はない。ところが、日本書紀には新羅は悪い、という書き方が各所に見られる。全体を通しては、蘇我氏と、新羅が非難の対象になっている。書紀編纂の段階で、蘇我氏は敗者で奈良時代の勝者は藤原氏であるから、日本書紀を読むときはその辺を斟酌しなければならない……。

書紀を読み返して、蘇我氏と物部氏の関係について、若月はあることに気づいた。欽明天皇のときには蘇我氏と物部尾輿、中臣鎌子の対立。崇峻天皇のときには蘇我氏と物部守屋、中臣勝海の対立。うーん。この対立の真相は、蘇我氏と物部氏の対立ではなく、本当は蘇我氏と中臣氏の対立ではなかったのか……。

蘇我氏と中臣氏の対立を曖昧にするために、蘇我氏と物部氏の対立に摩り替えたとも考えられる。第一、蘇我氏と物部氏は親戚関係であったのだから……。

寝起き眼で日本書紀を読み返しているとき、雑誌社の原山直子から電話があった。

その声を聞いた途端に原稿の催促でないかと胸を締め付けられる思いで一瞬返答ができなかった。

「もしもし、起きていますか」

「は、はい」

「突然ですが、明朝に大阪で用務があるので、少しだけ打ち合わせしましょう」

「は、はい。時間取れますので、こちらはＯＫです」

「うん、新大阪駅十一時に参りますので、改札前の千成瓢箪の前で待っていてください。

いいですね」

「分かりました。取材で大阪へ」

「はい、八尾市の勝軍寺へ行きます」

「あっ、そうですか。分かりました」

「では」

それで電話は切れた。

原山女史は大聖勝軍寺に取材に行くらしい。そこは物部氏の本拠あたりで、蘇我、物部の戦の後に聖徳太子が寺を建立したといわれている。

ということは、彼女は物部氏のことで取材に行くのだろう。話し相手をするにあたっては物部氏の知識を詰め込んでおかなければ……。

うーん。

若月宏治は物部氏自体のことを余り詮索していないことに気づいて大慌てで手元にある書物をかき集め物部氏についての自分なりの思考を固めにかかった。

物部氏は生駒周辺に天下りした氏族というから、早くから大和周辺にやって来た氏族であろう。任那周辺から来たともいわれている。その周辺は鉄の産地であったというから製鉄の民であったのかもしれない。あるいは鉄製品の製作技術を持っていたともいわれる。物部氏の「もの」とは物を作る民を表しているようにも思える。そのような民が自分たちの信仰神を持っていることは十分考えられる。

大阪湾と生駒山地の間に挟まれた河内に本拠地に置いた物部氏は当然ながら商業にも励んでいたと思われる。

地図を眺めると大和と河内の境界の生駒山系の西に広い河内平野が広がっている。しかし、当時には河内平野の北半分には中海（なかうみ）があった。よく古代の河内湖（かわちこ）といわれるが、湖ではなく海に口を開いていた。大和の諸川がひとつになって大和川となり、それが北流して中海に注いでいた。その大和川沿いの平野に物部氏は本拠を置いていた。内海の北部には山城から流れてきた山背川（やましろかわ）（淀川）が注いでいたから、その辺りは物流の一大拠点であったはずだ。その物流の利益を享受して物部氏は富を蓄えたとも考えられた。

地図を見ていると、生駒山系の南端、大和川が山裾をうねっている北側に、金山彦（かなやまひこ）神社（じんじゃ）があり、その山の上方に金山姫神社（かなやまひめじんじゃ）があった。柏原市の範囲でその辺りは雁多尾畑（かりんたおばた）という何とも変わった名前の土地であった。その神社をさらに上方にたどると信貴山（しぎさん）にたどり着く。

さらに地図を凝視しているともう少し北に鐸比古神社というのがあった。うーん、ここも金属神があるのか……。銅鐸の「鐸」という字がついている。辞書で調べると「鐸」は命令を伝達する大きな鈴を意味する字である。

まさしく信貴山一体は古代の鉱山もしくは精錬所であったと思われる。

そう考えれば近隣の神社の存在も頷けるものがあった。

信貴山の下にある竜田大社（奈良県三郷町）や斑鳩の南にある広瀬神社（奈良県河合町）である。竜田は風の神、広瀬は水の神。金属精錬のときの火を熾す鞴の風、熱した金属を冷ます水を祀る神であろうと、納得できるものがあった。漫然と風の神、水の神と受け止めていたが、こう考えると両神の存在が頷けた。

もうひとつ斑鳩町にも竜田神社がある。法隆寺の守護神といわれているが、こちらも金属精錬に関係あるかもしれなかった。

物部氏は武具と関係が深いといわれるが、こういった金属精錬、加工の技術をもっていたためであろうか。そういえば、物部弓削守屋という呼び名の「弓削」は今も地名として残っているが、そもそもは弓を製作すること、あるいは弓職人を意味するらしい。石で作られていた弓矢の鏃が金属に替わって物部氏は武具製作にも携わったのだろうか。金属精錬、武具製作の物部氏を同じ政権に携わった蘇我氏が滅ぼすとは考えにくい。

武具といえば、信貴山縁起絵巻に出てくる剣鎧護法童子(けんがいごほうどうじ)が持つ沢山の刀剣とも関連してくる。さらに、法隆寺五重塔の相輪に取り付けられた鎌とも……。

そこまで考え及んで若月はそもそもの課題を思い出した。

「聖徳太子が明日香から斑鳩の里に移った」理由を探るのが今回のテーマであった。自分がまだそこまで到達していないことに気がついてまた焦燥(しょうそう)を覚えて唇を噛んだ。


原山女史から電話があった翌日、若月宏治は待ち合わせ時間に遅れてはならないと早めに出かけた。三十分も早く着いて女史が現れるのを待った。

待ち合わせの場所になっている千成瓢箪の前は行楽客で混雑していた。秋も深まり行く季節で出かける人も多いのだ。フリーライターをしていると近頃は行楽に行くことなどもなくなった。楽しげに語らう人たちを見ながらうらやましくなった。

女史はきっかり十一時に、手を上げながら近づいてきた。

「お待ちどうさま。どこかで簡単に食事でも……」

とあたりを見渡した。

「あっ、それなら」と先ほど下見しておいた小さなレストランに誘った。

今日は案外に柔和な表情の女史に若月は少々安堵して向かい合って座った。

「今日はお一人でお仕事ですか」

「ええ。会社からは一人で。八尾市で大学教授と待ち合わせしていますから」と言う返答を得て若月はホッとした気分になった。

八尾市までお供しなければと思っていたが、それは杞憂であった。

「どう、そちらの方は進んでいますか」

「はい。なんとしてもやりますから……」

そう言いながら若月は胃が熱くなるのを覚えた。まだ原稿の目途は立っていない。まったくの白紙状態である。


「締め切りは三月ですから、ね」

「はっ、はい」と頷きながら、若月はカレーライスを流し込んだ。あっ、そうか、今日はこちらの様子を探りに……。相槌を打ちながら原山女史の整った顔を窺った。

「前の原稿は随分と評判がよかったですよ。次も頑張ってください。期待していますから」

それだけ言うと、後は世間話をして女史は去って行った。

うーん。原稿依頼したものの、若月からの応答がないので心配になって顔を見に来たのだな……。

若月宏治は喉元に残ったカレーの残滓を飲み込んで昼過ぎに家に戻って、また思考に耽(ふけ)った。

九、鵤(いかるが)荘

雑誌社の原山女史と会った翌日も思考したが一向に閃くものがなかった。

斑鳩、イカルガと唱えていると、イカルガという地名がもうひとつあるのを若月は思い出した。播磨(はりま)のイカルガである。

聖徳太子が明日香で仏説を講義した褒美に推古天皇から播磨の土地を賜ったという。太子はその土地からの租税を大和の斑鳩宮の経営に当てた……。歴史書にはこういう説明がなされている。太子が三十五歳のときの話である。

その土地は現在の行政地名の「揖保郡太子町(いぼぐんたいしちょう)」の範囲内にとどまらない広範なものら

しい。太子町といえば大阪にも太子町があるが、大阪の南河内郡太子町は太子の墓がある町である。

何か手がかりになるものがないか……。そんな思いで若月は道路地図を広げて播磨の太子町を見る。姫路市西北の太子町には斑鳩寺がある。そのあたりの地名には「鵤」という文字も使われている。

播磨の斑鳩寺のことをインターネットで調べてみると、ここの土地をいただいた聖徳太子は鵤荘と名づけ伽藍を造営した。それが斑鳩寺であるという。釈迦如来坐像を中心とする三尊は例の鞍作止利（くらつくりのとり）（司馬達等の孫）の作と伝わっていえる。本堂と思しき聖徳殿の奥殿は夢殿を思わせる八角造りで、そこには太子作といわれる太子像があるという。往時の壮大さが偲ばれる堂々たる大寺だ。

もう一度、地図を広げながら若月は迷路に入って行くような不安感に駆られた。

以前から播磨のイカルガは知ってはいたが、「太子が斑鳩の里に移った真相を探れ」という命題を与えられて播磨を眺めると、この地のことを解明しなければ大和の斑鳩の謎は解けないように思えた。

播磨の斑鳩寺の北には「松尾」という地名もある。まるで大和の斑鳩のコピーのような土地……。

聖徳太子は大和の斑鳩の近くの稗田（ひえだ）（大和郡山市）の村民を移住させ荘園管理にあたらせたらしい。大和の稗田というのは稗田阿礼（ひえだのあれ）の出身地である。記憶力に優れた阿礼は天武天皇の命令で国の歴史を物語ったといわれる人物である。大和の稗田には稗田神社があり、毎年記憶力コンテストが開催されている。播磨の斑鳩寺のすぐ西北にも稗田神社がある。

さらに、聖徳太子は生駒山系の北側の北河内の枚方（ひらかた）からも漢人（あやひと）を移住させたという……。

そもそも、推古天皇から聖徳太子に大和の斑鳩宮経営のために播磨の土地を与えたというが、別に播磨の地でなくてもよいはずだ。しかし、そこでなければならない理由があったのではないだろうか。しかも、その地に人を送り込んだというのは、ある種の技術者を移住させる必要があったのではないだろうか。

さらに地図を眺めていて、もうひとつ聖徳太子にゆかりがあるといわれる寺を思い出した。播州の法隆寺と呼ばれている鶴林寺（かくりんじ）である。それは姫路市の手前、加古川市にあった。

そこも調べなければ……。早速にウエッブ検索すると、こういう説明があった。

聖徳太子の師僧恵便という人が物部氏の迫害を逃れて播州に隠れ住んだ。そこに造られたのが鶴林寺だという。聖徳太子ゆかりの播州の二寺。うーん。これはどちらかに行ってみなければ……。そう思うと若月はすぐさま家を飛び出した。もう午後になっていたが、陽のあるうちに行けそうだと、鶴林寺を目指した。時間があれば太子町の斑鳩寺にも行ける……。

ＪＲで明石まで行き、明石から山陽電鉄に乗り換えて「尾上（おのえ）の松」から歩いて行けそうなところであった。明石からは特急に乗り東二見という駅で普通電車に乗り換え「尾上の松」で降りた。尾上の松というのは相生（あいおい）の松で有名な所である。幹は赤松、枝は黒松という相生の松である。

駅を出たときには午後三時で陽は翳りはじめていた。

さてどちらへ歩くべきか皆目分からなかった。もう一度駅に引き返したが小さな駅には何の表示もなかった。駅員の姿もなく、自動改札の赤いランプが寂しく光っている。

昔は海水浴で賑わったであろうが、今では海岸線は二キロほど後退し埋立地は工場地帯と化している。駅頭の寂しさを見れば土地の現状は分かる。駅名とは裏腹に白砂青松の光景が見られない現状からは播州の法隆寺が建立された理由を推測することは難しい。駅の少し西には加古川が流れているから、往時は港街であったであろうと若月は「尾上の松」の勝手な土地鑑定をしながら改札を出た。

マッチ箱のような可愛い駅から出て人に尋ねようとしたが、駅頭に人影はなかった。まあ、いいか。大体の見当を付けて歩きかけたとき、姫路から来た電車が駅に入ってきた。あの電車から降りる人に尋ねてみるか……。思い直して若月はまた駅に戻った。三人の若い女性が出てきた。三人ともミニスカート姿で白くて長い足がまぶしい。彼女らに尋ねても寺の所在を知るわけはないか……。あきらめてまた歩きかけたとき、もう一人の女性が俯きながら改札機に切符を通している姿が目に入った。

あの人に尋ねようと体を反転させて若月は驚いた。

あれは……、

コー・ヘジョン。

呆然と佇む若月の方向へその女性は近づいてくる。女性の相貌を見詰めていると、視線を感じたのかその人も若月を見て立ち止まり、「あっ」という微かな声を発して頭を下げた。

「ヘジョンさん」

思わず駆け寄って若月は女性の前に立ち、頬を弛めた。

「どうしてここに……」

「あなたこそ、どうして」

「僕は鶴林寺へ行こうと思ってきたのですが、道が分からなくて……」

「まあ、私もあちらの方へ行こうと思っていました。グウゼンですね」

「えっ、ヘジョンさんは、近くに住んでいるのですか」

「ええ、まあ近くです。四つ向こうの駅です」と言ってヘジョンは西を指差したが、何か曖昧な表情であった。自分の住まいを詮索されたくないのだろう、と若月はそれ以上言及せず、ヘジョンが歩き出したので自分も歩を進めた。

「今日は散歩にきたのですか」暫く歩いてから若月が尋ねると、ヘジョンは作り笑いして、

「今日は私が案内しますよ」と若月の顔を覗いた。

「分かりました」申し出を素直に受けてさっさと歩くヘジョンに若月は寄り添った。

右側の少し前を歩くヘジョンの白いうなじが眩しくて若月はちらちらと視線を送った。白さが浮き立つ白い首に金のネックレス。それを見ながらどういう会話をしたらよ

いのかどぎまぎする若月ではあった。

「この辺りは相生の松で有名ですよ」

ヘジョンが会話のきっかけをつくってくれた。

「ああ、謡曲に高砂というのがありましたね。松の精が老夫婦になって現れたという謡曲がありましたね。あれもこの辺でしょう……」

「ここの尾上神社にも相生の松がありますし、少し西の高砂市の神社にも相生の松があります」

「へえ、二箇所もあるのですか。二本の松が一つになって生えているとか、一つの松が二つになったとか聞いています」

「ええ、でも本当は違うのですよ」

「え、何が……。相生とは、ともに老いる、相老いる、長生きするという意味でしょ。目出度い席でよく謡われたらしいですが」

「いえ、本当は違うのですよ。そういう意味もあるかもしれませんが……」

線路沿いの道から左へ折れてヘジョンは住宅地の道をずんずんと歩く。

「この辺りも随分変わりましたよ」

ヘジョンは話題を変え、ぽつりとそう言って歩を進める。

「この辺りは海水浴場だったのでしょう」

「ええ、以前はね。昔は先ほどの所まで海でした。この辺りは海岸の松の林が続いていましたよ」

歩きながらヘジョンは昔の方がよかったのにという感慨をもらした。何気なく聞いていた若月も同意して頷いた。しかし、暫く歩いてから若月はヘジョンの話しぶりに疑問を感じた。どう見てもヘジョンは二十台の前半の年齢である。若月より三つ四つ若いと思われる。その彼女が往時のこの辺りの光景を懐かしむ風情は解せなかった。

昭和三十年代の高度成長期にこの辺りも開発されて工場や住宅ができたと思われる。ましてやこの辺りまで海岸線であった光景はそれより昔のことである。

「ほら、あそこに森が見えるでしょ。あそこが鶴林寺です」

住宅地を抜けると車が行き交う大通りに出た。通りの向こう側を指差してヘジョンは振り返った。

大通りの辺りは、いかにも新しい開発地でございますといった殺風景な様子で、通りの向かい側の左手には広大な住宅展示場があった。そのような光景の中で右手側に緑の塊が見えた。おそらく松の群生であろう。あの松林は、往古の海岸の松林の名残ではないか……。若月はそんな感慨を持った。

通りを渡って山門（仁王門）の前に立つと、以前にヘジョンと法隆寺を訪ねたことを思い出した。寺から醸し出される雰囲気は法隆寺と同じものがあった。

門前には、「聖徳太子　新西国　第二十七番霊場　刀田山鶴林寺」の石柱があり、「刀田山（とたさん）」という山名を見たときも若月は法隆寺を思い出した。「刀」という文字から五重塔相輪に付いていた鎌を連想したのである。

山門横の塀越しには三重塔が見える。小さなものではなく、くすんだ朱色の高欄がゆったりとした造りになっていてそれが堂々たる趣をたたえている。


境内に入るとヘジョンは左に進んで若月を本堂に誘った。

本堂内陣に入るとき、少しかがんで靴を脱ぐヘジョンの胸元が目に入って若月は息をのんだ。白い肌。柿のような形の大きくない乳房。ネックレスの金の飾りがぶらぶら揺れて一層眩しかった。

本堂の薬師如来像ほかは秘仏とかで大きな厨子に納められていて、開扉していないので拝めない。本堂の佇まいを拝見してから宮殿と呼ばれている厨子の前に正座して若月は手を合わせた。ヘジョンも少し後ろに座って頭を垂れている。

観音経の最後の部分を小声で誦呪（しょうじゅ）して若月は立ち上がって本堂内の寺務所で寺のパン

フレットを買い求め本堂を出ようとしたが、ヘジョンは座ったまま若月を見返り、「ワタシ、ここにいる。あなた宝物館へ行ってらっしゃい」と見送った。頷いて若月はヘジョンの指示通りに宝物館へ進んだ。

宝物館には古い仏像や書状などが展示してあった。四天王立像の兜飾りは藤ノ木古墳出土品の宝冠を連想させたが、このお寺は鎌倉、室町時代の太子信仰の盛り上がりで栄えたのであり飛鳥時代のものはほとんどない。勝手に連想して判断を誤ってはならないと自分に言い聞かせながら若月は小さな展示室を廻った。

飛鳥時代の仏像といわれるものが一つだけあった。「聖観音立像」がそれで、細身の体で腰をひねっている姿が、どことなくヘジョンを思い出させた。その胸元の首飾りの中央を見て若月はあっと声を上げかけた。紐を結んだデザインがヘジョンのネックレスの金製のデザインと同じであった。

この仏像は聖徳太子が愛したもので、後世に泥棒が盗み出して溶かそうとしたができず、仏像の腰を叩くと、「あいた、た」と声を発せられたという。恐くなって泥棒は返却に来たが、腰は曲がったままである……。パンフレットにはそんな説明が載っていた。

また、ここの太子像の絵画や木像も香炉のようなものを持っている。ここでは香炉と説明されているが、よそでは曲尺と説明されているものと同じである。

うーん。宿題を解決するものがなかったことに落胆しながら若月は本堂へと引き返した。このお寺を訪問して問題が解決すると思うのが間違いであった。しかし、幾分かの収穫はあった。

パンフレットによると、太子は秦河勝（はたのかわかつ）に命じて精舎を造らせたのが、この寺の始まりであるという。また近くの加古川から用水路を引いて周辺の田畑を潤わせるようにしたのも太子であるという。とすると、この寺の周辺は大和の斑鳩宮の食糧の供給地であったのだ。

地図を見るとこの周辺にはおびただしい数の池がある。まさしく農作地帯であったに違いない。それにしても池の数は多い。中世に作られた溜池も多いだろうが、古代にも食料の補給基地として重要な位置を占めていた……。

そんな感慨をもって本堂に戻るとヘジョンの姿がなかった。

トイレにでも行ったかとヘジョンを待ったが一向に現れないので若月は境内をぶらぶらした。

境内の雰囲気も大和の法隆寺に似ているが、法隆寺に似せて造られたと考えるべきお寺なのだ。当初は小さな精舎で、大和や河内から移住してきた者たちの心の拠り所であったのだろう。

こちらが食糧基地だとすれば、もう少し西北の斑鳩寺がある太子町はどんな役割を担う土地であったのか……。

　パンフレットに秦河勝の名があったが、播州には秦氏の足跡も色濃く残っている。赤穂市の坂越（さごし）という所には船祭りがありそれは秦氏の祭りだ、とどこかで読んだことがある。土木事業や機織（はたおり）などさまざまな技術に長けた秦氏は各所に足跡を残しているが、京都の開発にも関与したという秦河勝がこの地の開発にも関わったのであろうか。

　それにしてもヘジョンはどこに行ったのか……。境内に彼女の姿が見えない。仕方なく若月は常行堂と書かれたお堂の石段に座って地図を眺め鶴林寺の周辺を考察してみた。

　加古川市の東に隣接する小野市はソロバンの産地として名高い所であった。ソロバンはまだ生産されているのだろうか。地図の巻末に近隣市町の特産品が載っていたので、そちらを見ると、現在でもソロバンは特産品と書かれてあった。それよりも目を引いたのは、金物の産地と書かれていたことであった。ハサミ、鎌、包丁、かみそりなどの産地で、とりわけ鎌は播州鎌としてその鋭利さから「かみそり鎌」と呼ばれているらしい。

　金物といえば、小野市の東の三木市も有名である。

　そこの特産物を見ると、大工道具が特に有名と書いてある。鍛冶技術に優れ、三木の打ち刃物として名高いと書いてある。鋸、かんな、小刀などは伝統工芸品であるという。現在は園芸用品や農具、左官道具なども製造しているらしい。

他の市町の産品を見ると、播州織や農産品が出ていた。播州織というのは糸を染めてから織る先染めの織物のようである。農産品では山田錦という酒米が周辺で盛んに作られているらしい。

農業の用水路やため池が多いこと、さらに播州織などを考えると、こちらは秦氏の影響であるかもしれない……。加古川市南部の東に接する加古郡稲美町（いなみちょう）は「稲美のため池群」として有名らしい。

鶴林寺の地元の加古川市は昔から米、塩、木綿の産地で、木材の集散地として賑わい、今も欄間、障子などの建具を生産している、と書いてある。

大和の斑鳩宮の経営のために播磨に移植した技術が今も脈々と続いて、現在の産業に結びついている……。若月は短絡的に納得して地図を閉じた。

大和から播磨への技術の移植……。各地への技術者の派遣。こういう技術奨励が太子信仰となり今に至っているのではないか。冷たい石段に座って若月はそんなことを考えた。

う～ん。

ヘジョンはどこに消えたのか。

心配になって若月は境内を廻って探したが家族連れらしい一団以外人影は見えない。境内を一周してから塔の下まで来て、さてどうしたものかと考えた。なによりもヘジョンの姿を見つけることが先決であった。

ここで時間を食ってしまっては、姫路の西北の太子町に行く時間がない。いや、もうすでにタイムアップであった。しょうがない、気長に待つか……。そう腹を決めた若月はどこか時間つぶしできる所を探した。

振り返るとお堂があり扉が開いていて誰でも入れる様子であった。

普段の礼拝に使われているお堂らしい。入ってすぐに献灯用のロウソクが置かれていたので、賽銭をいれて若月は備え付けのライターで点火した。しかし、ライターの火が点かない。マッチの持ち合わせもないので仕方なくロウソクを置いて、前に進んで立ったまま唱経し始めた。

内陣は一段高くなって床があり奥の仏殿に余り大きくない仏像が祀ってある。仏像はそれだけで瓔珞(ようらく)などの飾りもなく簡素な佇まいで、がらんとしたお堂である。

般若心経を唱えたがすぐに終わってしまった。一礼してから堂を出ようとしたらロウソク台に古い経本が置いてあるのが目に入った。赤色の表紙がぼろぼろになった観音経であった。おおっ、観音経をお唱えしてみようか……。若月は経本を手に取り再び仏殿に向かって観音経の偈（教理の詩文）を小声で唱えだした。

……念彼観音力　火坑変成池
　惑漂流巨海　龍魚諸鬼難……

　観音経は母親が好んでいた経で、家にも経本があった。母親が亡くなってからは、父母の命日に若月も唱えるようになった。

　小声で唱えていたが、自分の声が若月の脳内で次第に大きく響きだした。何か変な感じ……。そう思ったときヘジョンの気配を背後に感じた。だが振り返る意思があるのに体がいうことをきかない。経本に視線を落として唱経はそのまま続けているが、若月の中の自分が後ろを振り返ろうとしている。だが何も見えない。

　そのうちにえもいわれぬ陶酔感を脳髄に感じるようになった。すると目の前が真っ暗になり映画のスクリーンのようになった。だが経本に落とした視線はそのまま経文をなぞっている。奈良の斑鳩で感じた感覚と同じ……。

　やがて自分の分身のようなものが目の前のスクリーンのような黒い世界に飛び出した。

風を受けて飛んでいる。

いや、飛んでいるかどうか分からないが、そんな感覚であった。

真っ暗な虚空に飛び出した分身は明るい方に向かい美しい海原の上に出て海面を俯瞰している。手を広げて飛んでいる。分身は飛行しているのだ。

次第に陸が見えた。やがて海浜の松林の上を飛行し内陸に向かって行く。松原を越えると広大な田畑が望め水路が縦横に走り多くの池がきらめいている。これは……。古代の播磨なのか……。

広大な田畑の上をまっすぐに飛んだ。田畑を過ぎるとやがて小さな集落の上を飛んだ。

分身は降下しながら家々の屋根をかすめた。屋根は瓦葺で道の両側に家並みが続く。諸所で煙が上がっている。荷車を引く男たちも見える。男たちは白い袍（丸襟の上着）のようなものをまとっている。道の端に幾つかの井戸も見える。

さらに屋内も覗くことができた。作業所と思しき所では男たちは二人組になって何かを打ち付けている。おおっ、あれは鍛冶。刃物を打っているのだ。

しばらくその集落を旋回すると分身はその集落から離れた。

大きな河が見えた。あれは、加古川か……。その川の上を河口のほうへ向かった。多数の船が見える。小さな船である。荷を積む船だ。川沿いには高床になった建物が幾つも見える。倉庫なのであろうか……。

川を越えるとまた松原が見え、それを過ぎると細い川の河口が望めた。

河口から上流の方へ大きな船が五艘停泊している。天然の良港なのだろうか。大きな船でも川の上流に入れる深度があるのだろう。

川の左岸には大きな建物が数棟並んで、その後ろには小さな家が多数並んでいる。うむ、大きな建物の一つから五、六人の男たちが出てきて海に近い方の大船の方へ向かっている。何やらいかめしい男たち……。武装しているぞ、腰に直剣を帯びている。あっ、またその後ろに五、六人の男たちが船に近づく。その後ろにも……。兵隊だ。軍船に違いない。軍船に乗る兵隊。ここは軍港か。

分身はその港の対岸の小山の上に向かって飛んだ。

細い川の大船が停泊していた対岸に小山があった。海の際に立つ小山の尾根は北に向かって細長く伸びている。尾根の上には小屋のようなものが間隔をおいて四つ見られた。それぞれの小屋の前には二、三人の男たちが立っている。見張り所……。分身はそんな思考を閃かせた。小山を越えると一面の平野が広がっているが、そこには田畑はなかった。そこで分身は元の方向へ反転して海岸線を飛行した。

右手には海が広がり沖には島影も見える。左手には広大な田畑が広がり、細い水路や無数の池が見え、諸所に集落が点在するのが見える。最初に飛んだ所だ。

……阿耨多羅三藐三菩提心（あのくたらさんみゃくさんぼだいしん）。

観音経の唱偈（しょうげ）を終えた若月の体に分身が戻ってきた。眼前の黒いスクリーンも消えて仏像が座っておられるのが見えた。若月は先ほどの簡素な仏堂の中にぽつんと立っていた。


「すみません」

若月の背後に立つヘジョンが口を開いた。漸く現実世界を認識した若月は向き直ってヘジョンに対面した。

「ちょっと、散歩していました。すみません」

微笑みながらヘジョンは不在を詫びたが、若月が呆然としている様子なのを見て暫く沈黙した。

「随分懐かしくて、周囲を歩いていました」

気まずい時間が数秒流れた後にヘジョンは言い訳をした。

「うっ」

受け応えに窮して若月は曖昧な吐息を発した。

「う、うん、まあ。もう帰らねばならない時間です」そう言って若月はズボンのポケットから携帯電話を出して時刻を見た。すでに午後五時前になっていて堂の外は薄暗くなっている。

「もうお帰りになりますか」

山門の受付にいた女性が堂の外から二人に声をかけた。閉門の時刻なのに帰らない二人を心配して見にきたのであろう。若月は、「すみません」と頭を下げて堂を出た。

「すみませんね。遅くなって」

薄暗い境内で若月の後ろを歩くヘジョンがポツリとそう言った。振り返って若月は作り笑いして頷いた。そのとき先ほどの堂の前に新薬師堂と書いてあるのを若月は見て取った。

俺は薬師如来に祈っていたのか……。病苦から衆生を救い長生を願う薬師如来……。境内を無言で歩く若月の表情が硬いのを見て取ってヘジョンの微笑みも消えていた。

二人は来た道をたどって尾上の松駅に戻った。十五分ばかりの道中で二人は会話しなかった。若月は奇妙な体験とヘジョンとの結びつきを考えて歩いていた。

暮色がとぼとぼと無言で歩く二人を包み込み、微かな潮の匂いが夜風とともに漂ってきた。

十、高砂

駅でヘジョンと別れた若月は明石行きの電車の中で別れの握手をしたときの感触を右手によみがえらせた。

冷たい。凍りつく冷たさではないが、寂しさを含んだ冷たい手。奈良の斑鳩で彼女の肩に触れたときにも感じた冷たさ……。一体彼女は何者なのか……。彼女のことを調べなければ……。

しかし、そのことよりも、与えられた仕事を先ず片付けなければ……

(聖徳太子はなぜ斑鳩に宮を造って住んだのか)。

歴史探偵の解決の目途は立っていない。今までに調べたことを貫く明快な推理の道筋を掴んでいない。果たして、解決の糸口を見出せるのか。若月は暮色の中を進む電車の中で独りぽつねんと座して瞑目した。

そうだ……。ヘジョンは四つ向こうの駅で降りると言ったな。若月の思考はまたヘジョンに向けられた。急いで綿布のカバンから地図を取り出すと、電車の路線を調べた。「尾上の松」から四つ向こうは「山陽曽根」という駅であった。高砂市の西端で、姫路市との境にある駅であった。

曽根という地から連想することは何もなかった。

ヘジョンはただ偶然に自分の前に現れた女性なのであろうか。しかも、異国の名前を名乗って現れた……。

外は薄暗くなり車窓に自分の顔が映る時刻になっていたが、若月はそんなことに気を遣らずに、今日のヘジョンとの出会いを反芻（はんすう）した。

その中で少し引っかかったことがあった。出会ってすぐに相生の松のことを話したがったが、若月がそれは知っていると言ったので、それ以上その話題を口にしなかった。謡曲の「高砂」に出てくる「相生の松」。

若月は謡曲に詳しい訳ではない。どちらかというと生半可な知識しかない。その生半可な知識で、「相生の松」のことを知っていると言ってしまった自分を少し反省した。ヘジョンには、相生の松を通して何か伝えたかったことがあったのか……。

そのことを考えているうちに明石に着いた。駅ビル内の食堂でラーメンを啜って、すぐにＪＲのホームに上がった。ホームの目の前に明石城が暮色の中に浮かんでいたが、今はそのことに心を寄せる余裕はなかった。

行楽帰りの人と学校帰りの高校生で電車は混んでいた。立ったまま電車の震動に身をゆだねてヘジョンとの不可解な邂逅を考えているとき、ふと自宅に謡本があったことを思い出した。

父親は若いときに謡曲を齧っていたらしい。

そのことを知ったのは父親が亡くなった後に遺品を整理しているときであった。新聞紙に包み込んだ薄い謡本が二十冊ほど出てきてはじめて知ったのであった。捨てようかと思ったが、父親の思いが詰まっているように思えて、また新聞紙にくるみ箪笥の上に置いた。あの本の中に、「高砂」の本があるかもしれない。「高砂」って、どんな内容の物語であったのか……。謡曲に詳しくない若月の思考はそれ以上進まない。

大阪北郊の自宅に戻って仏壇の茶水を替えて簡単に拝んでからテレビを見ていたが、気が乗らない。心は謡本を探したがっていた。テレビを切って早速に二階に上がって探した。

二階には和室が二間と洋室がひとつあった。階段を上りながら埃が舞い上がる気配を感じた。この一週間ほど二階に上がっていないのに気づいて若月は苦笑した。

両親が亡くなって独りになってからは家の広さが気になり掃除を億劫に感じることがある。しかし親が相次いで亡くなってからまもなく三年を迎えるが、一人に見合う住まいを探す気にはまだなれない。

記憶通り謡本は新聞紙に包まれて箪笥の上に乗っていた。早速に開けると一番上に「高砂」の本が現れたので、若月は少し因縁めいたものを感じた。

本の奥付を見ると京都の檜書店が戦前に発行した観世の謡本であった。薄茶色の表紙に幾つもの小さな千鳥があしらわれている紐閉じの薄い本を開いて早速に「梗概」を読んだ。

世阿彌元清作の「高砂」のあらすじは若月が考えていたものとは少し違った。

肥後国阿蘇の宮の神主友成という人が都見物を思い立って春風の中、船旅で播磨の高砂の浦に至る。

尾上の鐘が霞に響くとき老夫婦が現れて松の木陰を掃き清め出した。

友成はその老夫婦に高砂の松の「相生」という謂(いわ)れを尋ねる。

すると、老翁は「私は（摂津の）住吉の者、老女はここの土地の者。夫婦ともに相老いぬ。二人は遠く隔てていても心は通い合っている」と語り、いつまでも変わりない常緑の松の尊いことを説いた。最後に実は吾らは松の精でございますといって老翁は海士の小船に乗って沖へ漕ぎ行く。

……高砂や。この浦舟に帆をあげて。
この浦舟に帆をあげて。月諸共に出で汐の。
波の淡路の島影や。遠く鳴尾の沖過ぎて、
はや住江に着きにけり。はや住江に着きにけり……

奇特な思いを抱えて友成はその跡を追い摂津住吉に至る。

と、月下の中に舞姫を従えた住吉明神（住吉大社の神）が現れ、御代万歳を寿いで舞う……。

謡曲「高砂」はそんなストリーであった。

相生の松とは二本の松が相寄り添って生えることだと思っていたが違った。播磨高砂の松と遠く離れた摂津の住江（住吉の港）の松が夫婦松で、心通わせながら相老いるという話であった。

しかし、考えてみれば奇妙な話である。

どうしてこんな話が作られたのか。謡曲であるから中世にできたのであろうが、この話によって何を伝えたかったのか……。遠く離れて生える二本の松。しかも、その二本が夫婦松……。その理由を考えても埒（らち）がいかない。

要するに、今では考えられないことであるが、昔には播磨の高砂と摂津の住江（住吉）間を行き交う船があったということであろう。両岸に生える松が夫婦松で、離れて生えていても心通わせている……。

ヘジョンはそのことを言いたかったのか。

鶴林寺で唱経しているときに見た幻影の中に軍船らしきものが泊まっていた。その船は摂津から来た船なのか……。いずれにしろ、往古には高砂は瀬戸内を航行する船の寄港地であったのであろう。


その夜も若月は恐い夢を見て寝汗をたっぷりかいた。

胸に迫る白刃。暗闇の寝所で横たわる自分。起き上がろうとするが身体の自由がきかない。助けてくれと誰かを呼びたかったが、声も出ない。

剣先が次第に大きくなる。うーん。誰か……来てくれ。

ヘジョンは何かを言いたかった……。遠く離れようとも心通わせる男女。老いさらばえて幾世代にも渡って両岸に立つ老松……。そのことをヘジョンは伝えたかったに違いない。

そう思うとヘジョンが一層愛(いと)おしくなった。是が非でも会わねばならぬ……。

ベッドに半身を起こした若月はヘジョンとのコンタクトを模索したがよい思案はなかった。どこに住んでいるのか知らない。ただ、一つの手がかりは「新羅芸術舞踏団」の名刺が手元にあった。


翌朝、名刺を探し出し舞踏団事務所の住所と電話番号を確かめた。事務所の所在地は大阪市内の生野区であった。地図で確かめるとJR環状線鶴橋駅の近くだ。

朝食を摂りながら事務所に電話するべきかどうか迷ったが、電話では踊り子に近づく不埒な男と思われそうで直接出向くことにした。

簡単な朝食をすませるとすぐに事務所へ出向いた。JRで大阪駅に出て環状線に乗り鶴橋駅で降りる。駅に着くと朝にも関わらず焼肉の匂いが漂っていた。周辺は韓国、朝鮮の人たちが多く住む町である。駅のすぐ裏には狭い路地が縦横に走る市場になっている。三つの市場が隣り合っているということであるが、まるでソウルにある市場を凝縮したようなところだ。市場に入るとキムチの匂いが漂ってくる。

鶴橋に着いたのが十時半であったが、狭い路地は買い物客ですでにごったがえしていた。名刺の住所地がどこであるかさっぱり分からない。仕方なく五人ほどの女性がキムチの仕込みをしている店が見えたのでそこで尋ねることにした。

住所と新羅芸術舞踏団を告げると、女性の一人がキムチを袋詰めしていた手を休め、「もう少し向こう、チョゴリ服の店」と指差して教えてくれ、若月の顔を見て薄笑いした。その笑いの意味を図りかねたが、踊り子を訪ねて若い男がさ迷ってきたと思ったのかもしれなかった。

その店はすぐに分かった。

「金村衣装」の古びた屋号看板のある店で、小さな舞踏団の表札が入り口にかかっていた。薄暗い店内に色鮮やかな無数のチマチョゴリが吊り下げられている。店には誰もいない。「すみません」と三度声をかけると奥からでっぷりと太った中年の男が出てきて、目をむいて無言で若月を見詰めた。昔プロレスをしていた韓国人選手の顔に似ていたので、若月は一瞬たじろいだ。

「あの、すみません、この女性を探しているのですが……」

そう言いながら若月は少し笑んでコー・ヘジョンの名刺を差し出した。若月の笑みはフリーライター家業で身に着けた取材用の笑みであった。若月の笑みで店の男の頬も緩んだ。二歩前に来てワイシャツのポケットからメガネを取り出し若月の差し出した名刺を受け取りまじまじと見た。

「うん、これ……」

男はその名刺を怪訝そうに眺めている。

「はい、その女性に奈良で出会ったのですが、もう一度会って尋ねたいことがあるのですが……」

若月の申し出を聞きながら店の男は薄く笑い、若月を値踏みするように見てから、

「この人には、余り関わりたくありませんな」とそっけなく言って、舞踏団とコー・ヘジョンとの関係を述べ始めた。

「団員募集に応じてきたので入団を承諾したのですが、一度来たきり顔を出さなくなって、こちらも困ったのですよ。住まいの住所が兵庫県だったので探しましたが、そんな住所はありませんでしたな。電話もかかりませんでした。うむ」

そういうと、男は頷いて苦く笑った。

「なかなか華のある子だったので期待したのですが、なんだか雲を掴むような事態になりまして……」

そこで男は名刺を若月に返すと、胸ポケットからタバコを一本取り出し口にくわえた。

タバコをくわえたまま男は改めて若月を見詰め薄く笑ってから、ズボンのポケットからライターを取り出しタバコに火をつけた。

「公演が迫っていましたので、あの子のことはあきらめて、それっきり忘れていました。入団したいと言ってきたのが昨年末、年初に一度顔を出してそれから音沙汰なし。あなたも、気を付けなさい。雲を追いかけるようなことになりますよ……」

男は若月とヘジョンの間柄を見透かすように再び薄く笑った。

「私は、ちょっと出会っただけで……。でも、何か気になることがあるのですよ。それを確かめたくて……」

若月は今までのことを説明しようとしたが、男は頷くと、「ま、そういうことだから、こちらでは何も分かりませんな」と話を切り上げ奥へ入りかけた。

「あっ、すみません。彼女の住所だけでも分かりませんか」

「今言った通り、でたらめな住所ですよ」

「かまいません」

若月がすがるように「かまいません」と言ったので男は一瞬唖然としたが、気を取り直し「ちょっと待って……。履歴書が残っているかもしれませんから」

と言い残して奥へ消えた。

男が奥へ消えた後、暫くすると年配の女性が現れ若月に会釈してチマチョゴリが展示してある前に座った。そこは板の間になっており靴を脱いで上がりそこで試着するようになっているのであろう。座布団に座った女性は無表情に座って前の通りに視線を遣っていた。

変な男が来たから、ちょっと店で監視していろ。女性は男にそう言われたに違いなかった。

「きれいな服ですね。舞踏用の服ですか」

冷たい視線に耐えられず若月は無理やり笑顔を作って四十がらみの女性に尋ねた。女性は一瞬戸惑ったが、「いいえ、婚礼衣装です」と衣桁(いこう)にかかった草色とピンク色の見事な衣装を見ながらぎこちない笑顔を作って応えた。

十分ほどすると男はメモ用紙を持って現れ、

「これです。はい、偽(にせ)の住所……」と若月の眼前に突き出した。

すみませんと一礼してからメモ用紙を受け取り、書かれた住所を見た。

「それ持って行ってください。それから、電話番号も出鱈目(でたらめ)でしたので、メモしていません。はい」

「どうもお世話かけました」

一礼すると若月はそそくさと衣装店を出た。

迷路のような市場の路地を抜けて大通りに出ると若月は喫茶店に飛び込んだ。

朝鮮半島から来て間なしといった、たどたどしい日本語で応対した女性店員にホットコーヒーを注文してから若月は握り締めたメモ用紙を開け書かれた住所をまじまじと眺めた。

「高砂市日笠貝塚一丁目二番1号」

出鱈目な住所だと衣装店の男は言ったが、若月は足を運んで調べなければと何度も意識の中で自分に言い聞かせた。

高砂市の「尾上の松」で出会った時、「四つ向こうの駅」から来たとヘジョンは言った。

胸のうちのもやもやしたものを取り払うためにもそこに行かねばならない。若月はコーヒーを啜りながらそう決めると、透明感のない苦いコーヒーを半分残して店を飛び出し、ＪＲ鶴橋駅から電車に乗り播磨の高砂を目指した。

以前に「尾上の松」まで行った時と同様にＪＲで明石まで行き、山陽電鉄に乗り換えた。山陽曽根駅までたどり着いたときにはすでに午後二時をまわっていた。駅頭の閑散とした風景はこの沿線の特徴であろう。特に夕刻前の人通りの途絶えるときであったので猶更である。

さて、どちらへ行けばよいのか……。下調べもせずにここまで来てしまったことを少々悔いて静かな街を眺めながら暫く思案した。

やがて思い直すと、振り返って狭い改札前の壁面に目を遣り、地図を探したがそれらしいものはなかった。替わりに色あせた沿線の花見ガイドの看板をぼんやり眺めていて、そこに「日笠山」の文字を見つけ、そこに吸い寄せられた。駅のすぐ近くに花見所の日笠山があるらしい。コー・ヘジョンが舞踏団に提出した住所地の「日笠」というのは日笠山のことであろうか。まず、そこへ行くか……。

駅を出ると左手の一キロぐらい先に小高い山が見えた。あそこに違いない。若月は漸く目的物を見つけた思いで歩き出した。


山の手前まで行くと川があった。小さな川であるが岸壁には船乗り場も備わっているから漁船が係留されている川であろうか。駅から線路沿いの道を西へ歩いてその川に突き当たった。そこに小さな橋が架かっていて、その脇で二人の老人が釣りをしていた。しかし、その橋を渡った先に山への登り口が見えない。

小声で老人に話しかけて上り口を問うと、老人の一人が竿を持たない左手を上流側に向けて頷いた。老人の顔は恵比寿神のように平べったくて赤ら顔で、笑っていた。

「どうも……」と会釈して二百メールぐらい先の橋を目指した。途中で若月は先ほどの釣り人の方を振り返って苦笑した。恵比寿神の横にいたのは福禄寿神ではないのか……。長い頭の老人がいたのを思い出して笑った。


五百メートルほど上流に橋があった。橋を渡るとその突き当たりに日笠山への登り口が見えた。そこまで進むと桜並木の絵が描かれた日笠山への大きな色あせた古い看板が立っていた。看板の裏の狭い坂道を若月は不安げに登る。

登り口には農家らしい家が何軒かあり坂を上がると新しい家が十戸ばかり建っていた。

若月はその新しい家が建つ辺りで住所表示を見たが、チマチョゴリの店で貰ったメモとは違った。念のためにと家々の表札を見て回ったが、コー・ヘジョンを連想させるような苗字はなかった。やっぱり出鱈目な住所であったのか……。ここまで来たのは徒労であったと思うと、若月の身体に疲労感がのしかかってきた。まあ、気晴らしの遠出と思うことにしよう……。新しい家が集まる近くで暫く佇んだあと、さらに上への道を進んだ。

道は曲がりながら上に続き登り切ると比較的平らな頂上に出た。南北に平らな鞍部が伸びていて桜の木が沢山にあった。ちょっとした公園のようになっていた。花見の季節には山上で喧騒な宴会が展開されることであろう。だが、まだ少しその季節には早く今は誰もいない。

頂上の南端に行くと足元に穏やかな瀬戸内海が見え、ときどき下から風がそよいできて短い登山で火照った若月の体を冷やした。風は側面の木々をなぜながら上がってくる。さわさわという木々の騒ぎが人のささやきのようにも聞こえた。

一時(いっとき)、風の中に身を置いた後、せっかくここまで来たのだからと十分ほど歩いて鞍部の北側にも行ってみた。そこは高砂市が俯瞰できる所で、企業の位置などを示す地図板が置いてあった。若月が知っている企業もあり、工場都市として栄えている様子が見て取れた。

ああ、徒労に終わった。

重い足を引きずって海の見える南側に引き返してきたとき、疲労したからであろうか急に眠たくなってきた。トイレがあったので用を足し、もう一度海を見ようと歩くと日笠山の説明看板があったのでそれを眺めているうちに、いよいよ眠くなった。

ざわざわと風が少し強くなってきたのが分かったが、それよりも眠気の方が強くなって、山の下から上がってくる強い風に気を配る余裕はなかった。

トイレ近くの看板には古墳があるように書いていたが詳しく読む気も起こらず、休憩する場所を探してふらふらと山頂を歩いてベンチを見つけるとそこに横になって右腕を額にかぶせて眠った。海から上がってきた風が身体を包む。翳り行く陽の中で若月は心地よく眠った。

十一、依代（よりしろ）

とろとろと気持ちよく眠った若月は遠くから自分を呼ぶ声を聞いたように感じて次第に睡眠から覚醒した。

眠りから覚める段階で自分が今どこにいるのか覚束（おぼつか）ないでいた。

暗い岩窟の中で眠っているようにも思えた。そこがまるで自分の安住の寝床とも思え、心地がよかった。

「申し、申し、起きてくだされや」

遠くから自分を呼ぶ声がする。だが暗い岩窟の中でよく聞こえない。

「うむ、眠りに引き込まれていなさるな。手前ではどうにもならん。急いで住吉(すみよし)の主人さまを呼ぼうか……。申し、申し。起きてくだされ。うむ。仕方がないわ。急いで住吉さまを呼ぶまいか」

若月は誰かが耳元でぶつぶつ喋っているのが分かった。

だが、それに応える自分の神経が麻痺しているように思えた。ただ顔の筋肉が弛緩して微笑しているのが自分でも分かる。いや、筋肉の弛緩は全身に及んでいる。意志の通りに身体が動かない……。どうなっているのだ。俺は異界に入ってしまったのか……。

おっほ、呼ぶ声が遠ざかったぞ。どうしたのか……。おや、暗黒の中に白いものが見えるぞ。何だ、あれは。暗黒の彼方から誰かが手招いている。あっ、知った人ではないか。メガネのレンズが光っている。あっ、叔母だ。叔母さんが呼んでいる。随分と長いこと会っていないなあ。えっと、どうして会わなかったのだろうか。うんと、どうして十年以上も会わなかったのだろうか。あれえっ、その向こうにいるのは母親じゃないのか。なんで、こんなところにいるの……。母さんとも長い間会っていない。どうしてだろう。おーい、俺だよ。

あっと、父さんはどうしたの……。ああ、向こうからとぼとぼ歩いて来るのは、父さんだ。今日はどういう日であったのか……。皆でどこかへ行く日だったのか。もう一つ頭がはっきりしないな。うんと……。あれっ、高校のときの友達もいるぞ。細い体つきのあいつ……。あいつは昔から元気がなかったが、相変わらず覇気がなさそうに笑っている。

ちょっと待って、すぐにそちらへ行くから……。

ええと、今日は皆に会う日だったのか……。おや、暗闇の中で目が慣れてきた。皆は花畑の中に立っているぞ。

おおーい。おおい。

おや、誰かが後ろで呼んでいる。俺のことかな。きっとそうだ。俺を呼んでいるのだ。母さん、ちょっと待っていて、すぐに行くから。

うーん、今日は何の日だったのか。俺の、何かの記念日だったのか……。

「おーい、起きなされ」

また、耳元で声がする。

「向こうへ行っては駄目ですぞ。もうすぐ住吉さんが来られますのでな。ああ、来なさった。ほれ、目を覚ませ」

「……天津神（あまつかみ）、国津神（くにつかみ）。八百万（やおよろず）の神等共（かみたちとも）に聞こし召せ。畏（かしこ）み畏み申す。若き男（おのこ）の命を永らえ給えと申す……」

誰かが呼ぶ声が次第に大きくなった。周囲が少し明るくなってきたぞ。あれ、母さんたちが見えなくなった……、どうしたことか……。

「はやく戻って来（こ）よ……」

あれっ、戻って来いと誰かが言ったぞ。どちらへ戻るのだ……。

「えいっ！」

誰かが気合をかけたな……。気持ちよく眠っていたのに、誰が邪魔をして起こそうとしているの……。うん、目を開けても暗いぞ。もう夜になっているのか。ええっと、俺はどこにいたのだか……。

「おおっ、目を覚まされましたな。うん、もう大丈夫、戻ってこられましたぞ。ほれ、若い人よ」

若月が寝覚めて目を開けると覆いかぶさるように誰かが覗き込んでいた。暗さに目が慣れるとそれは痩せこけた老人の顔であった。白くて薄い髪の毛。皺だらけの顔。長い眉毛が風に揺れている。顎には白くて長い髭。

「えっ、どなたさまで……」

「ああ、よかった。目が覚めましたな。吾はこの地に縁ある松尾と申す翁ですわい」

老人は微かに笑んで口を綻ばせた。薄い唇が開いて歯のない歯茎が覗いた。

「ここで眠り込んで黄泉路へ行くような様子でありましたのでな、住吉さまに祈ってもらいましたわい。もう心配はござりません。今しばらく寝ていなされ、うむ」

細い老人の後ろから男が近づいて来るのが分かった。

仰臥したまま老人の後ろに視線を遣るとテレビで見る水戸黄門のような姿が見えた。まさか水戸黄門がこんな所へ……。なんという帽子か、水戸黄門が被っている帽子姿……。恰幅の良い中年の男が近づいてきた。神主のような姿の男は近くへ来ると幣を一振りし、老人と目を合わせ頷いた。

「もう、よかろう」

「ありがとうございました。住吉さま」

老人は男に礼を言うと再び上から覗き込んで、

「もう少しこのままでいなされや」

と若月を諭すようにか細いかすれ声をかけた。意味が分からないまま若月は老人の言うとおりにそのままの姿勢でいた。

仰臥して暮れなずむ空を見ているると自分が今どこにいるのかやっと理解できるようになった。高砂市の日笠山に上ってきたのだ。風に吹かれていると眠たくなって……。するど、先ほど暗闇の中で見たものは幻影であったのか。そうだ、あの叔母さんはとっくに亡くなっていたのだ。両親だってこの世にいないし、高校の同級生のあいつも昨年亡くなったし……。


「どうですかな、気分は」

老人の後ろに立っていた住吉という男がベンチの横に来て若月に声をかけた。その姿を認めて若月はまた水戸黄門のことを思い出して笑い出しそうになった。その様子を見て、

「ほほう、もう落ち着いたようですな」

男は大仰に頷いて若月の目を凝視した。

「うむ、もうよかろう。このままここにいては身体に悪いですからな、私の家にお越しくだされ」と若月を諭すように頷いた。その言葉には逆らえない力強さが含まれているように感じて若月は漸く起き上がった。

老人が先に歩き若月が後に続いた。

チマチョゴリの店に行ってこの日笠山まで来たが、何だか変な成り行きになってしまった……。暮色の中で若月は少々不安な面持ちで老人に従った。老人は竹棒と杉の枝で作った箒（ほうき）を逆さまに持ち杖代わりにしてしっかりした足取りで山を下っている。

若月の後ろを歩く水戸黄門のような姿の男は高価そうな革草履（かわぞうり）を履いていて悠然としている。それにしても、この男は何者であろうか……。神主のようでいて異質な威厳をかもし出している。まあ、成り行きに任せてみるか……。妙な二人に挟まれてよろよろと若月は山を下りた。


「さあ、こちらへお入りなされ」

勝手知った風情で髭の老人は若月を山裾（やますそ）の一軒の大きな家に連れて行った。なんだか神宮のような造りの家である。そこまで来て若月は今通った道が登るときの道とは違っていたのに気がついた。

深閑とした佇まいの家の両開きの扉を開けるとだだっ広い玄関になっていて上がり框（かまち）には衝立（ついたて）があり奥に幾つもの部屋が続いている様子であった。相当に大きな家であることが窺（うかが）えた。衝立の横には行灯（あんどん）が点されていて古さびた雰囲気である。

「客人でございます」

老人は奥に向かって大きな声で呼びかける。すると奥から二人の若い女性が小走りに出てきて二人並んで頭を垂れた。二人とも巫女姿である。若月の姿をまじまじと見てから、

「いらせられませ」と笑顔で挨拶した。

新型のメイドカフェか……。一瞬そんな考えも若月の脳裏に去来したが、老人らの表情からそんなものでもないらしい。

老人の話し言葉といい、巫女の様子といい、どうにも古風である。昔の世界に迷い込んだような奇妙な感覚が若月の脳髄に届いた。

どうすればよいのやら、と逡巡していると後から入ってきた住吉という男が、「さあお上がりなされ」と若月の背中を軽く押した。

こうなった以上はもう仕方なかった。一頷きしてから、靴を脱いで框に上がった。すると両側から巫女が若月の手を取り奥へ誘った。縦に四つ部屋が連なっていて途中の部屋はどれも板敷であったが、一番奥には紅い毛氈が敷き詰められていた。

その毛氈の部屋には丸い大きなテーブルがあり、周囲に椅子が五脚あった。その椅子の一つに座るよう女性たちに勧められた。女性たちは満面に笑みをたたえているのが四

隅に置かれた雪洞(ぼんぼり)の光明で分かった。

椅子に座ると欄間の彫刻が目に飛び込んできた。松をモチーフにした重厚な彫刻が四面にあった。彫刻の松がどのように表現されているのか読み取ろうとまじまじと見出したとき、

「今夜はゆっくりなさってくださいと、住吉さまが申されています」

髭の老人がひょっこりと若月の横に現われてそう言うと一礼した。

「先ずは食事をなさってから、お休みください」そう言って一礼すると、すっと消えた。

薄暗い灯りのなかで、ぽつねんと独り待っている若月の脳裏に不思議な感覚が萌芽した。ずっと昔にもこのような経験をしたような……、何時だったたか……。

暫くすると先ほどの二人の巫女が料理を運んできた。

テーブルの上には山海の珍味ともいうべき彩のよい料理が並んだ。料理が並んだところでテーブルの上に脂燭台が置かれ、紅いローソクが点された。料理の彩りが一層鮮明になった。

まるで、竜宮城へきたのか……。にこやかに笑顔を振りまく若い巫女にかしずかれて若月は夢見心地であった。

多くの品数を少しずつ食べたので、分量の割には若月の腹は満たされてくちくなった。

「ありがとうございました。もう、満腹で……」

二人の巫女に頭を下げて礼を言い、「もう、これで失礼しますから」と退出の態度を示すと、

「あっ、どうも至らないことで申し訳ありません。では、最後にお口濯ぎのお水をお持ちします。今しばらくお座りください」と二人の巫女は卓上の料理を片付けると部屋から出て行った。

また暫く待っていると巫女が素焼きの小さな瓶(かめ)と皿を持ってきた。まるで神棚に使う神饌(しんせん)用の瓶と皿である。不審顔で覗き込む若月に、「甘露(かんろ)でございます。お口を濯(すす)いでくださいませ」と皿に瓶の水を注ぎそれを若月の眼前に差し出した。

甘露とは神の飲み物とされているが、現在では単に「うまい水」のことを甘露と呼んでいる。巫女がどういう意味で「甘露」といったのか若月は計りかねた。

差し出された素焼きの皿を受け取り軽く頭を垂れてから若月は水を口に含んだ。多少の甘みを含んだ水であったが、別段に普段飲む水と変わりはなかった。飲み干した皿を卓上に置いて若月は左側に立つ二人の巫女に頭を垂れた。巫女たちの顔には相変わらず笑みがあった。

「住吉さまが、あなたさまとお話がしたいと申されておられます。呼んでまいりますので暫くお待ちください」

一人の巫女が笑顔をたたえてそう言うと、二人は部屋から退いた。

また、暫時待つほどに住吉と呼ばれていた男が現われた。

白い布衣(ほうい)に水色の袴(はかま)姿である。部屋に入ると一礼して若月の向かいに座った。顔は柔和であるがその表情の中に神妙なものが含まれているのを見て取って、若月は居住まいを正すべく背筋を伸ばした。


「さて」

男は一瞬瞑目(めいもく)してから、静かではあるがよく響く声で口を開いた。

「さて、あなたさまはどうしてこの山にお越しになられましたかな……」

男は若月が日笠山に登った訳を尋ねたいらしい。一頷きすると若月は先ほどの料理で歓待された礼を述べてから、

「聖徳太子、いえ、厩戸皇子の事跡を訪ねて播磨を訪れていました。小高い山を目にしてつい登ってしまったのですが……」

コー・ヘジョンを探しに来たことを伏せて若月は男の質問に応えた。男にヘジョンの

ことを言うのは面映い感じがした。若月の返事に男は怪訝な表情を一瞬浮かべたが、すぐに柔和な表情に戻した。

「左様なことでありましたか。厩戸皇子さまのことを……。うむうむ」

男は意味ありげに頷いた。何やら思い当たる節があると言いたげな態度であった。

「あなたさまは先ほど、山の上で寝ておいででございましたが、実はなあ」男はそこで言葉を選ぶように口籠もった。

「あなたさまは、眠りこけてそのまま黄泉路に旅立つところでございました」

そう言うと男は若月の表情を窺った。

若月を見る男の目がものすごく大きなものに見えた。その視線の中で若月は、「そうで、ありましたか……」と小さな声で応えた。若月の口中はカラカラに乾いてきた。

「何だか、眠たくなって横になると、気持ちがよくなりました」

「うむ」大きく目を見開いて若月を見たまま男は頷いた。

「死んでしまうところを、あなたさまに……」

「うむ、どうも偶然にそういう現象が起こったと思われる」

「はあ?」

「いや、そのことは、今は忘れてください」

「現象が何か……」

「いや、そのことは後で……。それより、播磨に来られたのは厩戸皇子のことをお調べになっているとか、おっしゃいましたな」

そこで漸く男の目は大きく開かなくなった。

男は大きく目を開いている間に、若月の生い立ちや係累、遺伝、霊感体質そんなもの一切合切を読み取ったのではないか……。

先ほどまでの男の眼光にはレーダーのような威力があるように思えた。この男は俺の心底を読み取っている……。そんな畏怖感を若月は微かに抱いた。

「厩戸皇子のことでしたら、私も多少は存じておりますのでお話しして差し上げましょう。皇子と播磨との関わりも……」

男は甘露水を自分の前にある皿に注いで旨そうに飲んでから、「先ずは皇子の少年の頃から話さねばなりませんな」

と一頷きした。

男が旨そうに水を飲んだので若月も欲しくなって、甘露水が入った瓶を手にしたら、男は手で制して、柏手(かしわで)を打って巫女を呼び、水を持ってこさせてそれを若月の皿に注ぎながら、ゆっくりと話し始めた。

「幼い頃には……」

住吉という男は若月の正面に座り両肘をテーブルの上に置いて静かに語りだした。

薄暗い部屋の中でくぐもった声がＢＧＭのように響いた。この部屋にいることが現実のことなのかどうか若月は次第に判断できなくなった。光の影になって男の顔ははっきりと見えない。

「あの皇子さまは随分と気弱なお方でありましたようです。またご病弱でもありました。どちらかといえば父君（橘豊日皇子（たちばなのとよひのみこ）、用明天皇）の資質を受け継いでおられたのでしょう。外へも余りお出かけにならず閉じこもって書物を読んでばかりおられたようでございます。そんなご様子に母君は心配されて武勇に秀でた迹見赤梼（とみのいちい）という舎人（とねり）（皇族の傍で雑事をこなす官人）を養育者としてお側につけました」

男の顔の表情を見ようと若月は正面を向いて窺ったが暗くて見えなかった。薄暗い中で男の皓歯（こうし）だけが話を続けているように見えた。それが可笑しくて若月は少し顔の筋肉を弛めた。だが、暫時後には影の中で白い歯だけが動く光景を不気味なもののようにも思えて目を伏せた。

男は若月の表情を垣間見てから話を続けた。

「閉じこもって書物を紐解く皇子を見かけると、迹見赤梼は引きずるように皇子を連れ出して宇陀の森へ馬駆けしていました。幼いうちは身体を動かしながら思考力を養わなければいけない、という母君の慮りでした。宇陀というのは磐余（桜井市）にあった皇子宮のすぐ近くの森です。宇陀には猟師たちが住んでおりましたので弓に親しむ機会もあったと存じます。ああ、ちなみに、迹見赤梼も宇陀の出身で強い弓を引くことができました。外出の折には弓術や剣技を指南したこともありました。そういう薫陶もあって厩戸皇子は次第に一人前の男に成長なされましたそうです。といってもまだ十歳になったばかりでございました」

そこで住吉という男は一息ついて瓶の水を皿に注いで飲み干した。

緊張していた若月もそれに倣って少しの水を喉に流し込んだ。

「迹見赤梼と宇陀の森へ出かけられたある日、こんな出来事がありました。見慣れぬ老人が現われて皇子を呼び止めたのでございます。無礼な老人だと迹見赤梼は無視して通り過ぎようとしましたが、その老人は、『吾の話を聞きなされ』と二人に執拗に追いすがりました。仕方なく、迹見赤梼と皇子は馬から下りて老人の傍に行きました。すると、『このお方は神の依代になれるお方だ』と皇子に申したそうです。依代というのは神降しするときに神が降りてくる指標になる人ということです。その人を通して神が天界から降りてくるのです。その資質を厩戸皇子は備えていると言うのです」

静寂の中で住吉という男の声は部屋の空間を包み込むように響いた。先ほど見かけた巫女や松尾という老人はどうしたのだろうと若月は訝しく思ったが、姿はもちろん声音（こわね）の一つも聞こえなかった。

「森で出会ったその老人はそれだけを言うとさっさと姿を消してしまいました。奇妙な老人との邂逅（かいこう）はそれだけのことでした。しかし、その些細な出会いが厩戸皇子の人生にとっては大きな出来事になりました。いえ、そのときは変な老人に出会ったものだと、皇子も迹見赤梼も些細なことだと片付けて馬駆けいたしました。子供の頃に手習いの先生か誰かに言われた一言がその人の進路を決める、ということがございましょう。うむ。老人との出会いはそんなものでありました。皇子の人生の方向を決めるような……」

変な老人に出会ったことが後々人生の進路を決めるような出来事になってしまったという話は若月も納得できることであった。些細なことが心に引っかかって行く末を決める……。若月自身もそういう体験をしたことがあった。

「まあ、そのような迹見赤梼との馬駆け遊びで皇子は徐々に逞しく成長なされました」

若月が記憶の中で自分のことを振り返って追憶に耽（ふけ）っているのを見定めたのか住吉という男は少し声音を大きくした。その大きな声で若月は男の語りの中へ引き込まれた。

「それから暫くして流行り病で訳語田皇子（おさたのみこ）（敏達天皇）がお亡くなりになったので父君

さまが王位に就かれました。そうなってくると王の子ということで厩戸皇子の存在が注目されるようになりました。王の子を拉致する輩がおるかもしれないので、今までのように気ままに馬駆けするようなこともできずになり、また書物と睨めっこするような暮らしが続きました」

男の話は随分と長くなりそうであった。厩戸皇子がまだ十二、三歳の頃の話である。男の話はいつ果てるのか……。薄暗い灯火の中で若月は眠気をかみ殺した。

「先王が病に倒れ、父君が王位に就かれる混乱に乗じて大和の覇権を奪い取ろうとする輩が横行しておりましたので、厩戸皇子も自由に出歩くことができなくなりました。筑紫の勢力がかねてから大和への進出を狙っていたのでございます」

「筑紫？」

男が唐突に筑紫の勢力に言及したので若月は思わず「筑紫？」と小さく叫んだ。その若月の疑問に男はゆっくり頷いて応えた。「そうです」という意味であった。

「筑紫の西部とその南部の肥国は、大和の政権の領外でございました。ずっと以前からも大和政権とは相容れずたびたび悶着がございました。いや、表面的には全国は一つの国として統べられていたのですが、実際には服従はしていませんでした」

大きく頷いて男は若月の理解を求めた。男の頷きに呼応して若月も頷いた。

「その筑紫の連中が大和に侵入するための工作隊を秘密裏に潜入させているという噂もございました。工作隊というのは当時では大抵は僧侶姿でございました。僧侶なら怪しまれないという訳です。ところが、厩戸皇子の周辺には沢山の僧侶がおりました。父君が仏教信奉を表明しておりましたので多くの僧侶が宮に寄ってきたのですが、真の僧侶か、敵方の諜報僧侶か全く区別がつきません」

男の話が次第に面白くなってきたので、若月は何だか講談を聞いているような気持ちになった。江戸時代の講釈小屋にいるような……。

「百済や高句麗から来た僧侶たちをいちいち怪しんで調べてみても混乱するだけです。蘇我氏を中心とする大和政権の主だった者たちは、渡来した僧侶たちや交易の異邦人たちが敵方の者かどうか、詮索せずに日常生活をしておりました。もちろん、敵方には注意を払っておりました。僧侶たちの話に耳を傾けておりましたが、心奥では防御の姿勢を崩しておりませんでした。だが、そういう政権者たちの態度に異を唱える者が出てきました」

男の話に引きずり込まれていた若月はそこで、声を出さずに「物部氏」と頭の中で呟いた。その無音の呟きに応えて男は、「その通り」と頷いた。その無声のやり取りを不思議なことと思わずに若月は薄暗い部屋で男の声に聞き耳を立てた。

「その通りでございます。物部氏でございます」

若月の推察を褒めるような口調で男は頷いた。

「物部氏は摂津国とその後ろの河内国に基盤を置いておりまして、金属武器製作の専門家でありましたが交易事業でも富を築いておりました。難波津で外国との交易を行い、河川運輸で国内交易も行っておりました。ですから、優れた商業者でもありました物部氏には、人を見分ける嗅覚のようなものがございました。大宮周辺にやってくる僧侶たちに注意するよう物部氏は日頃から警告をしておりました。でも、その物部氏でも気がつかないうちに敵方は大和攻略の策を練っていたのでございます。もうあなた様はお気づきのようでございますなあ」

若月の脳裏の思考を見透かすように薄明かりの中で男の皓歯が少し笑った。

「そうでございます。密かに、ここ播磨に大和攻略の巣窟をこしらえたのでございます。交易を装って人を送り込んでおりましたので、物部氏も気がつきませんでした。その播磨から交易船が毎日のように住江や難波津へ行き交っていましたから港は敵方で溢れて、物部氏の注意も行き届きませんでした」

自分の今までの思考と考え合わせて、住吉という男が言っているのは「物部と蘇我の争いの真相」に関わりのある話だと若月は合点した。

蘇我氏と物部氏とは縁戚関係にあるのだから大規模な戦を構える訳がない――。若月の疑念は何時もそこにあった。

しかし、今自分が探索しようとしているのは「聖徳太子が明日香から斑鳩の里に移った真相」であった。その命題に近づくことができるのか……。若月はいささかの不安を持って男の話に耳を傾けた。

「そうこうしているうちにも敵方の策略は摂津、河内に浸透して行きました。大連（大和政権の大臣級執政官）の物部守屋の行動や、大和政権の動向も把握されて丸裸にされていたのです。天皇がご病弱なことも敵方の知るところでした。そういう状況の中で敵方は一挙に船団を連ねて難波津に入りました。もともと、明日香京の交易港は紀国の紀の水門（和歌山港）でありましたが、その頃には難波津が盛んに用いられて、南の住江や高津（天王寺区）の港の方が栄えておりました。ところが明日香京の守りは旧態依然と紀の水門からの敵方に備えたものでした。明日香京の南部からの侵入に備えたものでした。それは昔からのことでしたから状況が変わっても惰性でそのような守備をしていたのでございましょう」

そこで男は甘露水を少し飲み口元を引き締めた。当時の為政者のヌカリを諫めるような口元になった。

住吉という男の話に引き込まれている自分に気がついて若月は少し不安になった。

午前に大阪の鶴橋の衣装店を訪ねてから兵庫県の高砂市まで来て、それから幾時間が過ぎたか分からなかった。夕方に日笠山の男の家に入って夜になり、男の話を聞く羽目になった。

別に嫌な話ではない。目下の課題である『聖徳太子』の話であるから傾聴に値する話である。だが、自分が大きな落とし穴に放り込まれた感覚もしないではない。鶴橋の雑多な商店街をうろついたのが遠い昔のような気もする……。

「敵方が難波津になだれ込んだ、といっても武装のまきたというのではありません」

水を口に含んで暫く沈黙してから、男は話を続けた。

「あくまでも交易船に乗り水夫や運脚人（うんきゃくにん）（租税の物品を京へ運ぶ民）の姿で難波津に乗り込んできたのでございます。もちろん、短剣のような小さな武具を隠し持っていたことはいうまでもありません。住江から高津（こうづ）にいたる南北に長い難波（なにわ）の幾つもの港に分散して入りましたので、港を管理する官人たちも気がつきません。その者たちは分散して上陸し、港近くにある物部氏の交易館や倉庫を抑えました。倉庫には交易品である武具や農具が沢山ありましたがそれらを奪い自分らの武装に使いました。人が武装すればすぐに兵隊になります。摂津で武装した集団は摂津の東側の河内に入りました。そこは物部氏の本拠でございます。夜陰に乗じて衣摺(きぬずり)という所にあった物部館を襲い、あっという間にそこを押さえてしまいました。あいにくとそこには頭首の物部守屋がおりまして敵方に捕まってしまったのでございます」

そこで語りを暫く止めた男は向かいの若月を窺(うかが)った。どういう反応を示すか試している様子であった。

物部守屋が捕まった……。

ということであれば、大和の官人たちは物部氏と敵方が結託したと思うかもしれない。また、筑紫勢の大和への攻撃を物部氏の反乱と、大和政権は誤解するかもしれない。

若月は脳の中でそのような思考を重ねた。すると男は、「ご明察！」と小さく頷いた。男が自分の脳内を覗いたことに若月は気づかずに同意の頷きをした。

「そういうことでございます。河内で武装集団が蜂起した、という報せは明日香の大宮にも届き、王族たちの宮殿にも警戒が呼びかけられました。大宮守護兵を中心にして兵団が組まれ大和への侵入を阻止するため生駒山系周辺に派遣されました。防御の体制が整然と立ち上げられた訳ではありませんでした。長い間侵略されたこともありませんから油断していたのでございます。しかも、仲間の物部氏が反乱したという報せがありましたので大混乱になりました」

ぼつぼつこの辺で厩戸皇子が登場するのだな。若月は話の先を読んだ。すると、男の口元が弛み、

「まあ、まあ、先を急がないでください」と若月を静止した。

「地形的に堅固に見えました明日香の京も、攻められれば袋小路の鼠のようになってしまいます。北側にも幾つも進入口がございます。進入口を塞がなければ劣勢になるのは明らかです。ましてや、北の守りの一端を担ってきた物部氏が反乱した、という報せでしたから……。大和の各神社に進入阻止を祈らせました。だが、その命令を発せられた大王は病床にありました。そんな折に迹見赤梼が厩戸皇子のことを思い出したのでございます。そうです、森の中で出会った老人が皇子に向かって投げかけた一言です。神の依代になる素質がある。そのことを思い出して、迹見赤梼は皇子の父王に進言しました。父君はすぐに皇子を依代にして戦勝祈願するよう大臣の蘇我馬子に命じました」

そのあとのことはご存知の通りです、と言わぬばかりに男は頭を二、三度振った。

その頷きに反応して若月の脳髄は思考回路をまさぐって、以前コー・ヘジョンと斑鳩を歩いたときのことを思い出した。

少年が馬に乗りその後に稚児の行列が続いた幻視光景。馬上の若者はやはり厩戸皇子であったのか……。先の尖った木片を額にくくりつけて神妙な顔つきで前方を見詰めて

いた。あれは、斑鳩の北部、矢田丘陵の松尾山に登って行ったように見えた。

「そうです、松尾山に登って神に戦の鎮めを祈ったのが厩戸皇子でございます。松尾山から西を向いて神に祈りました。父君が大王ですから、皇子の祈りも尋常ではなかったと思います。病弱な父を助ける意味もあって一心に祈りました。その祈りは三日三晩も続きました。朦朧とした意識の中で皇子は北方の守り神の毘沙門天を見たのでございます。松尾山の前にある山の上に毘沙門天のお姿が現出したのを見られたのです」

男は机上の素焼き皿を取り微かに残る甘露水を口中に注ぎ、口をもぐもぐさせて喉を潤した。長い喋りで少々疲れた様子である。

「長い間、喋ることもありませんでしたので、少々疲れましたな……」

苦笑いしたのか薄暗い光の中で上下の歯が浮かんだ。

「お疲れでしたら、もうおやすみください。厩戸皇子のことがそこまで分かれば、私は満足ですから……」

「うっはっは、はいはい、分かりました。いや、もう少し話しておきましょう。それに、あなたさまのこともありますから」

「わたしのこと……ですか？」

「いや、おいおい分かります。ぜひ話しておかなければならないことですから……」

男の言うことが分からず若月の思考は彷徨(ほうこう)を重ねたが結論は出なかった。何を言わんとしたのか……。新しい興味を持って若月は男に対峙した。しかし、若月の身体はすでに疲労感に満たされていた。男の前に座っていることが現実なのかどうか確信はなかった。

「満身から祈念を搾り出した厩戸皇子は前方の生駒山系の峰に毘沙門天が降りるのを見ました。毘沙門天は北の守り神でございます。ああ、これで京も安泰だと安堵された皇子はそのまま気を失われました。ところがその時刻に父君の命の火は消えたのでございました。病床の父君もまた全身全霊を傾けて京の守りを祈っておられたのでした。祈りの念が病身を燃え尽きさせたのでございます。父君の死を聞かれた皇子はその無念さを河内の戦場に向けられました。明日香京を侵略するものは許さない。ウオー、と雄叫びを上げた皇子は父王の死もものかわ、河内の戦場に向かわれました。神がかりした皇子に従う軍衆(いくさ)の強さたるや目を瞠(みは)るものがありました。邸宅の周りに稲藁を積み上げて抵抗する反乱者に容赦なく突進しました。そのような攻撃が三日続いて摂津国、河内国は大宮の軍衆が平定しました」

そこまで喋って男は大きな溜息をついた。

毘沙門天が現出したというのは、あの信貴山のことだな。若月は納得して薄明かりの中で住吉という男を窺った。

「大分に疲れました。あなたさまもお疲れでございましょう。今日はここまでにしておきましょう」

話を切り上げた住吉という男は頷いて立ち上がると手を打って誰かを呼んだ。

すると若月の横に巫女姿の年配の女性が現われて、「さあ、お休みなさいましょう」と手を取って寝所へ案内した。朦朧とした意識の中で若月は立ち上がり寝所へ向かったが、どういう経路をたどって分厚い布団が敷かれた部屋に行ったか分からなかった。


ルルッルルッ。

目覚めたときには鈴を転がすような鳥の声が耳に届いた。

昨夜寝床に入ってから幾時も経っていないようにも思われたが若月の頭脳はすっきりして気持ちよい寝覚めであった。

いつの間にか白いネル綿の長襦袢（ながじゅばん）のような寝巻きを着ている自分に気づいた若月は起き上がって枕元に置かれた自分の服に着替えた。

「お目覚めでございますね」

どこからともなく女性の声が響いた。昨夜食事の世話をしてくれた巫女の一人の声であった。暫くするとその巫女が現われ、「さあ、顔をお洗いください」と寝所にある小さなテーブルに水を張った陶器を置き、皿に盛った塩、水の入った木杯、手巾を添えてすぐに消えた。

これで顔を洗うのか……。

怪訝な思い暫く躊躇していた若月は用意されたもので簡単に洗顔し口をすすいだ。

「さあさ、お食事の用意ができていますよ」

今度は別の若い巫女が現れ若月を誘った。その部屋に入ると小さなテーブルと椅子があり、卓上に食事があった。お粥と里芋の煮たのが添えられた簡単な朝食であった。

手を合わせて謝意を言ってから若月は椅子に座りお粥を啜った。

朝食を摂っているとき若月は妙な感覚を持った。天空の高みに座っているような気がした。あるいは、自分はもうあの世にいるのではないか……。昨夕、住吉という男の家を見たとき、そんなに多くの部屋があるように見えなかったが、寝所といい、朝食の部屋といい、いつの間にかすっと移動している。そんな自分が不思議の中にいる気がした。

簡単な朝食たいらげると、巫女が現れて昨夜厩戸皇子の話を聞いた部屋に連れて行かれた。薄暗い灯りの中で住吉という男の話を聴きながら朦朧としていたが、今朝の意識は覚醒していた。

「おおっ、今日はお元気なご様子ですな。重畳なことでございます（最上なことです）。うん。ご血色もよろしゅうございます。結構なことでございます。さあ、昨夜の続きの話をいたしましょうか……」

男は満面に笑みをうかべている。昨夜の神妙な相貌とは違う。そういえば部屋の中には光明が射し込み大変に明るい。夜と朝ではこんなに違うものなのか……。

「昨夜お話したような訳で厩戸皇子が祈念したことをきっかけに、大和側が反攻して侵略者を撃退いたしました。松尾山での祈りによって兵衆の志気が鼓舞され河内での激戦を制しましたが、そのことがまた厩戸皇子のその後の人生を方向づけてしまいました……」

住吉という男はその後の厩戸皇子の生き様について話し始めた。

十二、哀別、

「松尾山での祈念によって戦勝したことはその後の皇子に人生の進路を方向づけてしまいました」男はきっぱりとそう言った。まるで、厩戸皇子の成長を傍で見守っていたような断言の仕方であった。

「それは、自分が明日香京を守らなければ、という自負になったのでございます。自分が守ってみせる、という自負が皇子を武人として成長させました」

なんだか自分の子供の成長を語るように男は厩戸皇子のその後を話した。

「それに、大和の守備隊の役目を担っていた河内の物部氏がこの戦に巻き込まれて滅亡状態になってしまったことも、皇子をそういう方向に進めました。そうそう、物部氏が反乱したのではなく筑紫からの侵略軍が河内を蹂躙し明日香に侵入しようとしたことは、戦が終わってから分かりました。しかし、戦が終わってみれば物部氏の殆どは亡くなっておりました。そのため、物部氏の財産を物部守屋の妹、つまり蘇我馬子の妻が引き継ぎました。財産の中には河内の河川交通、武器製作業などもありましたから、こちらの実務は蘇我氏が担当しました。このことが、後世になって蘇我氏が物部氏を滅ぼした、という謂れなき中傷にもなりました」

蘇我氏と物部氏が対立して戦ったのではないとの話の内容に若月はほっとした。自分の推測と同じ方向に向かったための安堵感であった。

書紀に書かれていた『物部氏、中臣氏対蘇我氏』の構図も怪しく揺らぐことになる。

では、一体に中臣氏とは何者?それに男は、筑紫からの侵入者が摂津、河内を蹂躙したと語った……。

「自分が明日香を守ってやる。という堅い決意を秘めて厩戸皇子は成長されました。大和を防御するための武具作りのために、金属の精錬から鍛冶にいたる武具生産を斑鳩近辺で行うことまでされました。そのために、鉱山師や外国の工人をも招来し、諸所に派遣して鉱物の入手に尽力されました。自らも地方に出かけて鉱脈を探したりもされました。そんなことで斑鳩の地は工人たちで溢れる鉱業の邑(むら)になりました」

　男の話に引き込まれているのに気づいて、また話は夜更(よふ)けまで続くのではないかと若月は少し心配になった。

　若月がそう考えたとき、「おおっ、こんな話を長々としていては夜になってしまいますな」と男は自嘲気味に言って、「もう少し速く喋りましょう……」と暫く若月の顔を見詰めて笑った。俺の思考を読んでいる……、若月は昨夜に続きそんな感慨を持った。

では、と言うと住吉という男の話はそれからカセットテープの早巻きのようになった。

キチ、クチュ、チキ。チク、チクチュルク……。

初めは認識できなかった男の早巻きの口調も次第によく分かるようになり、あっという間に男の話は終わってしまった。どうしてこのような早口が理解できたのか分からないが、とにかく男の話の内容は分った。

それによると、少年のころの侵略者との戦いがトラウマになり、長じてからの厩戸皇子の暮らしは大和の防衛ためにささげられた。

武具をつくり、兵を養い、防御の施設を造ったという。難波津に造立された四天王寺も少年の頃の戦で亡くなった者たちを鎮魂することと、港湾防衛のための施設でもあったという。

さらに、大和防衛の前線として播磨地方を重要視され、もしも肥後、筑紫の勢力と再び合戦になった場合を考え、そこを兵站（軍需物資の補給）基地とされた。広大な地域で膨大な数の灌漑施設を作り、米の大量生産を押し進めた。そのために土木技術にすぐれた秦氏族を投入し、また金属武器製作を播磨でも確立するため、大和、河内の工人を移住させて実現させた。

ざっと、こんな話を男は早回しのテープのように喋った。

「かような訳で、播磨の地と厩戸皇子は縁が深くなりました」

男は元の口調に戻って喋った。

「この政策は食糧の増産につながりましたから、明日香の政権にとっても万々歳で、厩戸皇子の評価は一気に上がりました。余剰の食糧が出るぐらいで、その余剰分はすべて皇子に付与されました。その食糧で皇子は斑鳩に宮をこしらえ上之宮（桜井市）からそちらに移られたのです。それが、三十歳頃のことです。すでに二十歳から形の上では太子の身分でございましたが、ただただ大和防衛のことに腐心されて青年期を過ごされました」

男は淡々と厩戸皇子のことを語っている。この人はなぜこんなにも皇子について饒舌なのだろうか……。若月はちょっぴり疑問を抱いたが、ひたすら耳を澄ませて男の話に聞き入った。若月にとっては興味のある話に違いはなかった。

「万々歳の青年期でございましたが、思い通りの上々な暮らしの中に、落とし穴も潜んでおりました。それは、皇子の人生で一番の痛恨事になりました……」

そう言うと男は自分の痛恨事でもあるように顔面を引き締め暫く瞑目した。

「実は、あなたさまにお話したいことと関係する出来事でございます。今からちょうど千四百前の出来事でございますから、あなたさまの預かり知らぬことでございますが、ぜひお話しておかなければなりません。よくお聞きなされよ……」

ここからが話の本番だ、と男は居ずまいを正して若月の目を覗き込んだ。視線が合ったとき脊椎に電流が流れた気がして若月も姿勢を正して頷いた。

「十年間に亘り大和防衛に腐心し広大で堅固な防御線を構築された皇子は、少々の慢心に取り付かれてしまわれました。過剰な自信が胸中に育ち、自分には不可能なことはないと思われるようになったのです。まあ、青年期によくある思い上がりです。それは決して悪い思いではありませんが、自信過剰なまま行動を起こすと各所で軋轢が生まれるものです」

男の口調はなんだか若月を諭すような口調になった。

厩戸皇子は慢心して何をしたのか……。

今まで一応理解できた男の言うことがそこで若月の思考は停滞した。そのことを確かめるように男は若月の目を覗き込んで頷いた。お前はまだそのことに考え及んでいないな……。薄く笑んでから男は話を続けた。

「播磨を前線基地にして武器作り、食料増産に励まれた皇子でございました。必要以上の武器がそろいますと、今度はその素材で金属農具を造る。するとまた農産物が増産できる。すべてが順調に推移しましたので、思考の方向がそれ以上のものを求めました」

それが人間の性である、と男は言いたかったのであろう。厩戸皇子のことを言いながら若月を諭しているようにも思えた。

「播磨の地でこのようなことが行われましたので、各地から送られた工人や農民で賑やかになりました。いえ、それればかりではありません。その地を守備する兵も沢山に集められました。まるで京のような賑やかさでした。賑やかになると秩序も乱れます。そこで厩戸皇子の弟来目皇子（くめのみこ）が守備兵の司令官として赴任し統率いたしました。それがまた巧くいったので、今度はその兵を動かして筑紫、肥後の勢力を牽制する政策に出てしまわれました。そこから頓挫が始まったのでございます」

来目皇子の名を聞いて若月は日本書紀の記事を思い出した。

推古天皇十年の記事である。

春二月に新羅を討つ将軍として来目皇子を筑紫に派遣した記事である。二万五千の兵衆を連れて来目皇子は四月に筑紫に至ったが、罹病（りびょう）したので討つことを止めた。と言う記事である。

新羅を討つための派兵とあるが、男は筑紫、肥後の勢力を牽制する軍事行動だという……。だとしたら、筑紫、肥後の勢力の正体は何なのか。そんなことは日本書紀には書いていない……。

「おおっ。来目皇子のことをご存知ですな」

男は若月の思考を読んでいた。

「一年足らずの間筑紫の駐屯地におられましたが、来目皇子は亡くなられました。病ではなく筑紫の勢力によって毒を盛られたという噂がもっぱらでした。まあ、そういうこともありうることでした」

あの記事はやはり新羅征討ではなかったのか……。若月は脳内の思考を少し訂正した。そうすると、その後もう一人の弟が派遣されて……。ええと、どういう記事が書かれていたのだったか……。その後のことについては若月の記憶は曖昧であった。

「来目皇子の死は厩戸皇子のひとつ目の挫折でありました。同父母の、仲のよい兄弟でしたから……。その後、翌年になって厩戸皇子の別の弟當麻皇子(たぎまのみこ)が大将軍に任命され、その方も難波の住江(すみのえ)から船立ちされました。この方は厩戸皇子の異母の弟さまでありました。異母の弟ではありましたが、厩戸皇子とは馬が合う方でした」

男はそこで話を切って甘露水を口に含んで、微笑を若月に向けた。それに倣(なら)って若月も喉を潤した。

甘露水は若月の喉から身体全体に染み渡った。渇きを癒すだけでなく心を潤すような甘味さが広がった。

甘露な味わいが身体に染みると若月の意識は心地よさで朦朧となった。

住吉という男は再び喋りだした。當麻皇子が大将軍となって難波を出発する話からであった。

「来目皇子のご遺体を守って兵団は筑紫から長門に退却し、そこで皇子を仮埋葬しました。長門は大和の勢力下にありましたのでそこで兵団は留まることにしました。當麻皇子はその長門へ行くために船出されました。后を伴って……。その話をこれからいたしましょう」

當麻皇子の心ははしゃいでいた。

一歳下の弟が筑紫で非業の死を遂げた後ではあったが、當麻皇子の心は塞いではいなかった。世情のことよりなにより、后を同道しての旅であったからであった。

「あっ、綺麗な松林……」

夏の名残の生暖かい風を帆に孕んで七月の好日に船は住江を離れた。

初めて見る海からの眺望に舎人姫王は子供のように歓声を上げた。后に寄り添った當麻皇子は満足げに片手で后の肩を抱き寄せ、港の人たちに手を振った。

大和の斑鳩では厩戸皇子の見送りがありそこから馬列を連ねて西へ真っ直ぐの大道を

進んで三日前に住江に至った。后を同道することに反対していた厩戸皇子も見送る際にはそのことについては言及せず、「気をつけて任務を全うしてくれ」と機嫌よく見送ってくれた。

征西の大将軍に任命されてから急遽后を迎えた當麻皇子にとっては后と懇ろになる恋の道行きであった。

来目皇子が前線で亡くなったこともあり、大王（推古天皇）はこの征旅には前向きでなかったが、河内を蹂躙され物部氏の主だった者たちが殺された先の戦の遺恨を晴らすための制圧の戦だと厩戸皇子や大臣（蘇我馬子）が主張したために決まった。

當麻皇子に大将軍の任務が課せられたとき、大王は独り身の皇子に后を授けたのであった。舎人姫王は大王の歳の離れた異母妹であった。妹を后に授けて當麻皇子を労ったのであった。それが半年前のことである。

その間に當麻皇子の后への愛情は深まって、征旅に后を同道することを大王に願い出て漸く許可が下りたのであった。

「綺麗な松林……」

舎人姫王はまた同じ言葉を発した。砂浜に生える松林の光景に余程に心が奪われたようであった。

「これから先、あのような松林は何回も見られるさ」

三歳年上の當麻皇子は年長者の余裕をもって后に応えて微笑んだ。舎人姫王は皇子の言葉を聞きながら遠ざかり行く松林を眺めていた。

松林の横に建っていた住江の神社（住吉神社）はもう見えなくなっていた。二人は航海の神を祀る神社で二日間潔斎し船に乗り込んだのであった。

「摂津の鳴尾の浜も見事な景観と聞くぞ。楽しみだな」

皇子の言葉に舎人姫王もにこやかに頷いた。

甲板に佇んで沿岸の景色を愉しんでいると、まるで行楽の旅のようであった。しかし実際は征旅であった。そのことを思い出して當麻皇子は緊張し少し胸に圧迫感を覚えた。

筑紫の勢力が河内に侵略してきたときには當麻皇子はまだ五歳にも達していなかったので、そのときの緊迫感は記憶になかった。だが、昨年に斑鳩から旅立った異母弟が筑紫の陣営で今春に亡くなったことが當麻皇子の胸中に重い澱となって沈んでいた。壮健な来目皇子があっさりとこの世から消え去った……。かくも安易に命が尽きる。その不安が當麻皇子にある種の覚悟を要求していた。

そういう危険を孕んだ場に妻を同道していることの後ろめたさもあった。

なぜ舎人姫王の帯同を大王は認められたのか。いや、反対していた厩戸皇子さえ最後には承認された。死ぬ前に妻帯の愉悦を経験するがよい……。

思えば、来目皇子は后妃の一人も設けないまま非業の死を遂げた。また再び當麻皇子にもそういう境涯が待ち受けるかもしれないからと、慈悲心を吾に向けられた、と思えなくもない。

海岸線に向けていた視線を横に立つ妻に向けると、征旅の不安感は幾分和らいだ。草色の衣を着た細身の姫王の桃色の腰紐が解けそうになっているのを見て皇子はしゃがんで結びなおした。そんな皇子を見ながら、

「こんな旅をずっと続けたいものです」

舎人姫王はにこやかな相貌で皇子の心遣いに応えた。

「まことだ」

頷きながら當麻皇子はそう言いつつ、その先にある不安を呑み込んだ。

播磨で軍装を整え、さらに長門で待つ軍団に合流し敵地筑紫に乗り込む旅。若い當麻皇子には荷が重かった。自分より年少の来目皇子もこの重圧に苛まれたのかもしれない。征旅ではあるが、必ずしも戦をしなければならない訳ではないのだが……。

「筑紫の娜津（なのつ）（博多）の港が確保できればよい」

それが大王の命令であった。ただ、そのための手段として戦を構えなくてはならないかもしれないことも想定の範囲内にあった。


住江の松林が見えなくなって二人は船室に入った。

船の後部甲板上に設けられた部屋であった。

初めての船旅の高揚と緊張が少し解けて、二人は軽く抱擁してから寝台に横になった。

船は沿岸を舐（な）めるように北へ進んでいるので部屋の窓からは長々と続く難波江の景色が眺められた。

午前中に難波江の北端の難波津に入り水と食糧を積み込んで午後にはすぐに港を離れた。積み込んだ荷物の中に大臣（蘇我馬子）から贈られた酒瓶（しゅへい）があることを水夫に告げられて當麻皇子の少し弛みかけた緊張がまた巻き戻された。

大臣がどういう意図で酒瓶を贈ったのか當麻皇子は計りかねた。

こういう場合、慣例的に贈られるものであるのかもしれなかった。余り喋ったこともない大臣の落ち着いた相貌と小太りの姿態を思い出して皇子は圧力のようなものを感じた。しっかり働いて来い。そう言われたように思えた。

難波津を離れた船は夕刻に鳴尾浜の沖を過ぎた。

暮れなずむ夕陽の中で浜の白砂と松林が見事に調和している美景を皇子と姫王は部屋の窓から眺めた。延々と続く砂浜は夕陽に輝いていた。大和では味わえない景色を二人は抱きあったまま眺めていたがやがて砂浜が途切れる頃には暮色が辺りを包み込んで何も見えなくなった。

その頃には沖に薄黒い島影が見えた。淡路島であった。その時刻になって船内に慌しい作業音が響きだした。夕食の支度であるらしかった。西に流れる波に乗っているためか船の速度はいや増しになった。夜を通して走る船の上で當麻皇子は姫王の傍で暫しの安穏な時を過ごした。

當麻皇子が目を覚ましたときには、船はすでに播磨の高砂の港に入って乗組員たちは荷揚げ作業をしていた。

陽はもう高く上っている。随分と寝過ごしてしまったようであった。部屋に届けられていた食事を摂ってから皇子は船頭と随伴している護衛兵二人を伴って港の役所に出向いて長(おさ)に寄航の挨拶と征旅の方針を簡単に説明した。

挨拶を受けた港長は歓送の宴を持ちたいと夕刻の宴を提案した。その申し入れを皇子は快く受けて役所を出ると近隣を少し歩き回った。港の東には砂浜が広がり松林があった。

　ここの浜も美景だ。そうだ。姫に見せてやろう。

そう思った當麻皇子は一旦船に戻り暫し休息してから姫王を伴って浜の松林を逍遥した。もう夕刻近くになっていた。二人は松林をそぞろ歩いた。秋とはいえまだ日中は暑熱がきつかったが、林間を抜ける浜風が二人には心地よかった。皇子は自分の任務と今の平穏さの落差を思って胸苦しさを感じた。

　林間に腰を下ろした二人は寡黙に海を見詰めた。

とめどなく寄せる波。広大な海原。狭隘な大和の地では味わえない開放感であった。

どこから現れたのか小さな船が浜に寄ってきて網代笠（あじろかさ）（竹笠）を被った男が一人降りた。

　漁夫が漁から帰ってきたのであろう。船を浜に引き上げて獲物が入った竹かごを肩に担ぐとゆっくり砂浜を歩んで消えた。

　人間の生きるための営み。こういう光景は千古から変わりはないのだろう。一幅の絵のような光景に皇子は一入（ひとしお）の感慨を覚えた。

　この平穏さと自分の任務の落差……。

林間で静かなときをたっぷりと過ごしてから二人は港の役所に向かった。

役所では當麻皇子夫妻を歓迎して小宴が開かれた。

鄙の役所にしては充分すぎる肴と酒が用意されていた。中継の交通要路として播磨高砂が大和政庁から重要視されている証拠でもあった。人が集まるから農業が盛んになり、軍事拠点として武具になる金属器の生産が奨励されている。

主賓としてもてなしを受け山海の珍味を腹に収める。丁寧な口をきく年長の役人たち。少々の酒で顔を赤らめた水夫たち。役人たちにかしずかれる皇子を見て舎人姫王も満足な様子であった。當麻皇子はざわめきの中で宴席を見渡してなんだか将軍としての自覚ができたように思えた。

だが、宴席に半時(一時間)も座っていると、もう飽きてしまった。船に戻って寝転びたい。だが、主賓が先に席を立つ訳にはいかぬ……。姫王もそうしたいであろう……。

「姫、先に帰って寝よ」

小声で言うと姫王は頷いた。護衛の者に随伴を指図して姫王を船に帰らした。そのとき、大臣からの差し入れの酒瓶が船倉にあるのを思い出して當麻皇子は数本を宴席に持ってくるよう指示した。

港の役所は波止場に面して建っている。

係留している船も役所から見える。舎人姫王に付いていた二人の護衛は船に戻ると酒瓶を持ってまた役所に戻ってきた。その間姫王には護衛が付いていない。船には水夫が二人残って見張り番をしているがあくまでも船の守りである。指呼の距離にある船から役所までの間、姫王に護衛が付いていないことに気づいて當麻皇子は護衛二人が酒瓶を抱えている姿を見て一瞬不安を覚えた。

「すぐに戻って、姫王を守れ」

気の弛んだ護衛の若者にそう言うと、皇子は受け取った酒瓶を港の長に贈呈した。しぼみかけた宴席は新しい酒瓶で再び活気を取り戻した。

宴席で小さな須恵器に少しだけ注いで貰った酒を飲んだだけで舎人姫王は船室に戻ってもほろ酔いであった。入り口に掛けられた灯燭だけが部屋の照明で薄暗い部屋に入ると姫王は上着の紐を弛めて外出した服装のまま寝台に横になった。

ふうう。

大きく息を吐くと先ほどの宴席の光景を思い浮かべ、姫王の顔はほころんだ。港の役所での皇子の立ち居振る舞いは立派なものであった。これから先も皇子は任務をこなしていかれるであろう……。そんな満足感が五体に満ちて姫王は目を瞑った。するとわずかの酒が効いたのかそのまま軽い眠りに入った。

転寝の目がうっすらと開いた。

微かな人の気配を感じたのか自然と薄目が開いた。起き上がろうという意志を持って身体を動かしたが動かない。舎人姫王は半分まだ眠りに浸っているようである。

そのうちに意識がはっきりと戻って目がぱっちりと開いた。なにやら光るものが見える。何なの……。おおっ、皇子が戻られましたか……。

いえ、あれ、剣の先ではないの。こちらに迫ってくる。どうして……。誰の息遣いなの。荒い鼻息。ええっ、見たこともない男の顔。あっ、ううっ、おえっ。

深夜、當麻皇子はへべれけに酔って船に戻った。船に乗り込む縄梯子を登ることができず、水夫二人が前後に付いてどうにか引っ張りあげた。

うん、飲みすぎたぞ。ぞんざいに扉を開け船室に入った皇子は寝台の上に倒れこんだ。

「おい、姫さまよ」

ふざけて、姫王の衣服を剥いで乳房を触ったが表面は血液でぬめっていた。

「おい、姫」驚いて起き上がった皇子は姫王の身体を揺する。皇子の大きな呼びかけにも姫王の肢体は微動もしない。すでに骸(むくろ)と化していたのであった。

「ふううっ」

住吉という男は當麻皇子の后が船旅の途中で暗殺されたことを語り終えると大きく息を吐いた。その吐息には、今しも事件を目撃したような感慨がこもっていた。

「こういう次第で、舎人姫王は何者かに暗殺されたのでございます。外部から忍び込んだ何者かが皇子と間違えて殺戮したのかもしれません」

男は大きく頷くとこれ以上哀しい事件の話をしたくない、とでもいうような切ない表情を示した。

「こんな事件が起こってしまいますと」

気を取り直して男は話を続けた。

「大和で苦労なく育たれた當麻皇子さまでありますれば、初めての挫折でございました。余りの衝撃に、旅を続ける意欲をなくされてしまいました」

そこまで話を聞いていた若月は、この話と厩戸皇子のこととどのように繋がるのだろうと、ぼんやり考えた。

俺は、厩戸皇子のことを調べていて播磨にたどり着いた……。いや、俺はコー・ヘジョンの面影を求めてここまできたのだ。どうして、この男の話に付き合っているのか……。

それに、舎人姫王が転寝（うたたね）から醒めるときに見た光景。じりじりと迫る刃（やいば）の先。その切迫した情感を経験したことがあるような……。じりじりと眼前に迫る刃。俺がよく見る夢の中で眺めた光景ではないか……。そんな感慨を若月は抱いて男の話の続きを待った。

「おおっ、随分と長々と話を続けてしまいましたな」

男はまたも若月の意識を見透かしたように長話に及んだことを少し反省した。

「でも、あなたさまに関わりのあることなので、きっちりと話しておかなければなりません」

あなたに関わりのある話と聞いたので、若月はほっと、覚醒して聞き耳を立てた。その様子に男は曖昧に微笑んで、

「いや、お聞き流してくだされればよいことです」

と若月の覚醒した意識をおさえてから話を続けた。

「かくて、當麻皇子は姫王の死に愕然となされて任務が遂行できなくなりました。播磨

に滞在したまま動こうとなさいません。もちろんその滞在の経緯を大和の政庁にお知らせになりました。来目皇子の死に続いて二度まで派遣将軍が躓いたことに厩戸皇子も愕然となさいました。仕方なく、将軍の到着を待っていた万余の軍隊を長門での守備隊に編成替えして、綻びを修復されたのです。あわよくば、筑紫の勢力を押さえ込んで、筑紫と大和を統一しようとされた厩戸皇子や蘇我馬子大臣の目論見は叶いませんでした」

筑紫の勢力のことや、大和との統一のことなど、若月にはもう一つ呑み込めないところがあった。この男は何を言わんとしているのか……。どうも、変なことに関わりを持ったものだ……。家に帰ったら、日本書紀でも読み返して男の言うことを確かめなければならない。頭の中がぐちゃぐちゃになりそうだ。

若月は速く家に帰って休息したいと思った。

そういう若月の思考を見透かして男はなおも話を続けた。

「家で休息されたいお気持ちなのはよく分かります。早くに切り上げましょう。ええ、話の本題は何でしたか……」

知らぬうちに話が當麻皇子の方へそれてしまった、とでもいう風に男は渋面を作ってから、うんうんと頷いて厩戸皇子のことに言及した。

「厩戸さまの挫折は大変に大きなものでございました。それ以後人が変わったと周囲の人たちは評しました。自分の意図したことが来目皇子と舎人姫王の死を招き、當麻皇子の人生を台無しにしてしまったのです」

そこで男は暫く黙考してから、

「すみません。もう少し當麻皇子の話をさせてください」

と言って頭を下げ若月を見て薄く笑った。

「當麻皇子の后さまへの哀惜は尋常のものではありませんでした。播磨の港に留まって舎人姫王の死を悼み亡骸を前に七日間もただおろおろと過ごされました。港役人たちの取り成しで漸く葬りのことに思考が向かいました。大和に連れて帰るのがよいという意見もありましたが、海浜の明媚な土地を好んでおられた姫王のお心を汲んで皇子はその土地に葬ることを頼みました。そのことを大王にお知らせして許諾が得られました。

港の役人の勧めで海浜に突き出た岡に葬ることになり、立派な墳墓が築かれました。そこは大昔の人たちの住居跡があるところで、晴天の日には遠くの島々を眺望できる所でございました。その葬りに二箇月もかかりまもなく冬を迎える頃にでき上がりました。

納め祭りがすんでも當麻皇子は播磨に姫王を置いて立ち去りがたく、優柔に逗留されていましたが、とうとう大和から迎えが来て渋々に船で住江に戻られたのでございます」

男は哀れみを含んだ表情を若月に向け若月に同意を求めるように頷いた。當麻皇子のその後のことが語られるようであった。

「大和に帰られても當麻皇子の心は舎人姫王のことから離れませんでした。厩戸皇子は見かねて當麻皇子に新しい仕事を仰せになりました。それは大和防衛のための施設を明日香京周辺に造ることでした。筑紫の勢力を制圧できませんでしたから大和政権にとってはそれが急務でした。その任務の一つとして摂津周辺の港湾に守備隊を置き、その責務を當麻皇子に背負わせられました。そこで、當麻皇子は舎人姫王と船出した住江の港に拠点を置いて守備隊を指揮されました。そういうことでどうにか責務を果たしておられた當麻皇子でしたが、住江の浜の松林に佇んで物思いに耽ることが多かったといいます」

うむと、頷いた男は話を中断して手を叩き巫女を呼び寄せ、水を持ってくるよう指図した。随分の長口舌で口が渇いたのであろうか、しきりに口をもごもごさせた。

男のしぐさを見ていて、どれほどの時間を費やして男の話を聞いているのだろうかと若月は吾に返って考えたが見当がつかなかった。まるで、自分の眼前で歴史劇が進行しているように話す男を不思議に思ったが、それ以上詮索する思考はできなかった。

「おおっ、そうでしたな」

若月の思考を中断させるように、男は話をつないだ。

「當麻皇子を港湾守備に就かせると、厩戸皇子ご自身は斑鳩に拠点を移されました。これも大和防衛の一環でございます。今までの話からお分かりだと思いますが、筑紫からの武力干渉を大和の北で食い止めるためです。厩戸皇子が三十歳の頃です」

若月が求めていた課題を男はあっさりと言ってのけた。

そういうことであったか……。仏教にのめりこんだとか、蘇我氏と不和になったためだとか、厩戸皇子の斑鳩移住の理由が云々されてきたが、長い話を聞いているうちにすんなり理解できた。

ただ、筑紫の勢力とは一体なになのか……。それが分かれば、満点の解答だ……。

「厩戸皇子が斑鳩防衛に力を入れられると、他の氏族もこぞって大和防衛に努めました。それぞれの拠点で守備を固めたのでございます。蘇我氏は京の周りに砦を築きました」

そこまで語って男は何かを思い出したように、沈黙して若月の顔をまじまじ見出した。あなたさまとも関係している話があると言ったが、そのことに言及されるのではないかと若月はどきまぎした。今までの話の中で自分が関係することなどあるものなのか……。そんなアホなこと……。

「あなたさまのことは、最後に語りましょう。お話しするのを私が忘れていたら言ってください。必ず言ってくださいい。大事なことですから……」

十三、仙境

「宇陀の森で見知らぬ老人から『神の依代になる資質がある』と言われてから二十年が過ぎていました。侵入者との戦の折には身に毘沙門天を神降ろしして戦勝を祈られてそれを成就されましたのは少年の頃。それから挫折知らずに青年時代を過ごされましたが、三十を前にして兄弟の悲劇に直面されて厩戸皇子のお心は仏教に傾倒していきました」

お前が知りたいのは斑鳩のことであったのう。そんな顔付きで男は若月の表情を窺った。

住吉という男の話が厩戸皇子の方へ向かったので若月はほっとした。だが、考えてみれば、兄弟の悲劇の話を聞かなければ厩戸皇子の心の赴き先がよく分からなかっただろう。持って回った男の話も納得できた。

「おおっ、私の話を理解されましたな。そういうことです。兄弟の悲劇がなければ厩戸皇子は本腰を入れて斑鳩に宮を築いて移住されることもなかったのです。防御の拠点として斑鳩が大事な土地であり、武器作りの出発点でもありました。そのことは大分に前に話しましたな。それとともに兄弟の悲劇に遭遇されて仏教という新来の「神」に興味を持たれ仏殿をも造られました。それで高句麗や新羅の僧たちを招いて仏法の話を沢山に聞かれました。その話にいちいち頷けるものがあり、心酔されたのです。そうすると仏法は慈愛の心を説くものですから、侵入者を撃退するのだという強いお心と矛盾が生じます。そこで再び厩戸皇子は葛藤を抱えるところとなったのです」

男の話には若月を納得させるものがあった。

厩戸皇子の葛藤もよく分かった。まことに人は身勝手なもので、戦勝を神仏に祈るのである。現代においてさえも、身勝手な願い事を神仏の前で祈るのである。果たして信仰の対象とはそういうものであるのかどうか……。

いや、厩戸皇子は戦がないことを願ったのだろう。皇子がそう願ったとしても、侵入者が蹂躙したら戦わずにはいられまい……。

「まあ、そういうことで厩戸皇子は斑鳩に拠点を置いて懊悩されました。その悩みを少しでも和らげるために幾つもの宮をこしらえて母君や媛たちを住ませられました。その宮々にも皇子に倣って仏堂が造られ、武器をはじめとするさまざまな生産拠点も造られましたので、斑鳩に一種独特な集落ができたのです。明日香京の人たちがまるで仙境だと評することもありました」

手元の瓶を引き寄せて皿に水を注ぐと男は一気に飲み干し、二、三度頷いて話はもうすぐ終わりますよと言ってから立ち上がって身体を揺すった。

男も大分に疲れたようであった。

思えば日笠山の山上で眠りこけた若月を松尾という老人が見つけたために、こんなに長々と話をする羽目になった男ではあった。

一体に俺はなぜここに……。うん、あ、そうか。コー・ヘジョンを探してここまできてしまったのだ。すっかりと忘れていた。

「そういう斑鳩に腰を落ち着けられた一族に二十年の歳月が流れました」

男は座りなおして話を続けた。

「幸いにも何事もなく歳月は流れました。一族諸共の和やかな二十年でした。厩戸皇子は明日香京と斑鳩を往復して時々は大和の政事に関わりを持たれていたのはいうまでもありません。その安穏に埋没して筑紫勢力のことを忘れるほどでございました。ところが母君が病(やまい)に臥せっておられて、皇子が看病に心を向けておられるときに、筑紫勢力は斑鳩に浸透していたのでございます。それは静かな浸透で、誰も気づかずにいました。母君が亡くなられて一月後に皇子と媛はご自分の宮の中で刃(やいば)の犠牲になっておられるのが発見されました」

住吉という男はあっけなく厩戸皇子の最期を語った。厩戸皇子の話はこれだけですよ、という顔付きで若月を見詰めた。戸外はすでに昼間の陽光から夕方の光に変わっていた。話を聞き始めたときは確か曙（あけぼの）の光が満ちていた。

男の語りはおよそ厩戸皇子の一生に及んでいた。話の中には物部氏と蘇我氏の対立もなく、蘇我氏と厩戸皇子の対立もなかった。ただ、三者に共通の敵がいた。筑紫の勢力である。筑紫勢力が何を意味するのか、帰って調べなければ……。男の顔を見詰めながら話の中身を振り返った。

「まあ、そんなところです」

男はそう言うと立ち上がりかけて、また座りなおした。

「もう一つ言っておきたいことがあります」

男は一膝乗り出して慈愛に満ちた目付きになった。

「人は死にますと肉体は滅びますが、霊魂は新たな身体に宿り再びこの世に現れます。つまりは、生まれかわりでございます」

今までと打って変わった話になった。しかし若月には興味のある話であった。

生まれかわりの話は今までに何度となく聞いた。仏教そのものにはそのような考え方はなく、釈迦もそのようなことを説いた訳でもない。しかし、迷いの生死を重ねる

「輪廻転生（りんねてんせい）」の思想はインドの古い宗教のもので、仏教の伝来とともに日本にまで紛れ込んだといわれている。この話をなぜ男がするのか……。

「生まれかわりについては、いささかの疑念をお持ちでしょう」

男は若月の心底を見透かして言った。

「しかし、こういう話がございます」

男は若月の目を見詰めて話しだした。男の目の中に自分が入り込んだように若月は感じた。

男が語った話はこういうものであった。

ある異国の女性が古代の日本の女性の魂を宿して生まれた。異国の女性はなにかしら日本に惹かれるものを感じて渡来してこちらで暮らした。しかし知らず知らずに過去の魂に引っ張られて古代女性の足跡を尋ねて徘徊していた。

歩き回っているうちに、とうとう古代女性の墓に行き着いた。つまり、魂の元の持ち主の墓にたどり着いてしまった。

ところが、過去世の魂の持ち主の墓に行き着くと、新しい魂の持ち主は安住の地を見つけたように、そこで眠りに入り新旧の魂は同化してしまう。

「新旧の魂が出会ってしまうと、そのまま永遠の眠りに入ってしまうのです」

男は深遠な真理を説くように神妙な顔付きを若月に向けた。

男の顔付きに一瞬たじろいだ。どういう表情で男の話に応えたらよいのか分からなかった。

「新旧の魂が墓で出会わなければ、何事もなく新しい魂は天から与えられた一生を全う(まっとう)します。しかし、出会ってしまえば、そこでその魂はさらに新しい宿主を求めてさ迷って行きます。魂が抜けて行くと亡骸(なきがら)になってしまうのです。まあ、そういうことがあるのです」

男の話に興味はあるものの、どうしてこんな話をするのか、若月は理解できなかった。それで元の話に戻すべく、

「當麻皇子はその後どんな人生を送られたのですか……」と質問した。

「うむ」

その質問に男はちょっと困惑した表情を示し、暫く瞑目した。気がかりなことを聞かれたので戸惑ったようであった。

「うむ」男は二度うなってから、

「當麻皇子の愛は尋常ではなかったということです。舎人姫王(とねりのおおきみ)への愛です。厩戸皇子が

亡くなられてから、京へ戻れという命令を受けても住江の官舎から動こうとされませんでした。そのままそこで残りの人生を全うされました。住江の松林から海の彼方、高砂の方角を向いて日中を過ごし、夜は官舎で酒を臓腑に垂らしこむという暮らしが命尽きるまで続きました。舎人姫王との短くも愉しい暮らしを偲んでおられたのでしょう」

と声を潜め気味に話した。

そこのところで男はなぜ声を潜めたのか……。當麻皇子の最期の様子も男は小さな声で話した。

「そういう暮らしでも、當麻皇子は長生きされて亡くなられたときには九十を越えておられました。砂浜に這う松林の根っこの上に倒れておられました。いや、倒れるというより寝ておられるような死に方だったといいます。まるで、松に同化するように……」

そこまで話すと男は急に立ち上がって、

「もう、ここら辺りで話は止めておきましょう。随分と長い間お止めしまして申し訳ないことでございます。もう、あなたさまもお帰りにならなければなりません」

と深々と頭を下げた。若月も立ち上がり一夜の歓待を謝礼して出口に向かった。また、二人の巫女が飛び出してきて若月を玄関で見送った。

戸口を出るとき、奥の方から男の声が飛んできた。

「二度と、ここへは来なさるではない」

その声には威喝するような威厳が含まれているように若月には感じられた。

住吉という男の家を出た若月は山を下った。

コー・ヘジョンを訪ねてきて「日笠」という住所を探しているうちに登った山であった。彼女の家を探していたことが遠い昔のように感じられた。しかし、それは確か、昨日のことだったはずである。

夕の薄靄（うすもや）の中を歩く足は自然と速くなった。この山にいて夜になると再び誰かに出会ってまた足止めを食らいそうであった。山というよりは岡という方がふさわしい日笠山の広い登山道を下りるのに十五分ほどしかかからない。

下り降りて山裾の川を渡ったところで若月は名残惜しむように山を振り返った。二度と来る機会がないかもしれない……。多少感傷的な感慨を抱いた若月の目に神社のようなものが目に入った。あれっ、来るときには気がつかなかったが……。山の東側斜面にへばりつくような神社。気になった若月は後戻りして急斜面の下にある神社の参道入り口まで戻った。そこに案内板が立っていたので書かれた小さな文字に顔を近づけて読んだ。

「住吉神社」と書かれたタイトルを見て、ここに海上交通の守り神があっても不思議ではない。と若月は帰路を急いだ。

山陽曽根という駅まできたとき、ふと先ほどまで若月に話を聞かせた男を思い出した。住吉と呼ばれた男……。あれは住吉神社の神官であったのか、それとも……。

明石駅でＪＲに乗り換え家に着くまで住吉という男の折れ烏帽子を被った姿が若月の脳裏から去らなかった。


大阪北部の家に帰りついたときにはすっかりと夜の帳（とばり）が下りていた。

昨日の朝、コー・ヘジョンのことを調べたくて思い立って大阪市内まで出かけてから随分と重苦しい時間が続いたように感じられた。

玄関を開けてから門扉の所まで戻ってすぐ横のポストに手を突っ込んで若月は驚愕した。新聞がなんと沢山に入っていることか……。

えっ、昨日出かけたのではなかったのか。

どう考えても大阪へ出かけてから数日が経過したとはとても思えなかったが、四日分の朝刊が詰まっていた。夕刊は購読していないので、ポストからはみ出ないでどうにか納まっていたのだ。

出かけた日から数えて五日の経過。その事実を考えると全身の力が抜けそうになった。浦島太郎になってしまった……。

一体どうしたことか……。

鳥肌が立つような気持ちの悪い感慨を抱えて部屋に上がると、ファックス電話を置いたデスクの前に紙片が数枚ちらばっていた。

血が引いたような空虚な頭をかがめて紙片を拾うと、それは雑誌社からの原稿督促のファックスであった。

少し予定が早く進行しているので、できたら早めに原稿をくれ、という内容であった。何時ものように、用紙の最後には原山直子の走り書きのサインがしてあった。

留守の間に何回もファックスしたようであった。

返事がないものだから、（独り暮らしの坊やは死んじゃったのでは……）と原山女史はやきもきして何枚もファックスしたのかもしれない。

住吉という男から聞いた話の内容で、厩戸皇子が斑鳩に移り住んだ理由を若月宏治は掌握していたが、それをそのまま原稿にまとめる訳にはいかない。まともな資料と推理の上でこういう結論に達した、という原稿に仕上げなければならない。

自分はアカデミックな立場にはいないのだから、原稿は俺なりの新奇な内容でなければばならない――。

「面白くなければ、原稿なんて屑箱に捨てるだけですからね」最初に面会したときに聞いた女史の辛らつな言葉が蘇った。

でも、今は、あんたの顔を思い出しても、胃が痛くなることはないぜ。頭の中には粗方の素案はでき上がっているのだぞ……。若月宏治は独り言をしながら、住吉という男から聞いたばかりの話を巧く要約した論理を頭の中でまとめて返事した。

時間厳守するので、当初の約束どおり三月下旬まで待ってくれ、という但し書きを入れるのを忘れなかった。

十四、原稿

『聖徳太子が明日香京から斑鳩の里に移った真相を探れ』

それが雑誌社からの原稿依頼の内容であった。歩き回っているうちにコー・ヘジョンに出会い探索の方向から外れてしまったような感覚があった。

　高砂市から帰った夜、なかなか寝付かれずに斑鳩から始まった今までの経緯を若月は振り返った。住吉という男や、松尾という老人の存在は現実のことなのか、どうかさえ覚束ないことのように思えた。

　いや、そんなことより、とりあえずは原稿をまとめることが先決だ。指定された締め切りも過ぎようとしている。先ずはこれまでの知識を整理して原稿をまとめよう。原稿を書くことが大事で、この仕事をしくじったら、収入がなくなる……。

　高砂市での不可思議な出来事を考えるのは後回しだ。寝床でまんじりと考えながら天井を見詰めていた若月は起き上がると冷蔵庫を開けて、缶ビールを取り出しいっきにあおって眠りについた。


　高砂市での出来事は後回しだと結論して眠りについたが、考えてみれば住吉という男の話を抜きにして原稿は書けそうにない。

　朝食用にお粥のパックを電子レンジで温めながら若月は推敲（すいこう）の方向を修正した。

　そうだ。あのこと、筑紫の勢力と明日香京の闘争を原稿の主軸にしたら、厩戸皇子の斑鳩移住の理由が巧く書ける……。俺はその話を聞いたじゃないか、住吉という男から……。

そんな思考が閃光した。

しかし、筑紫の勢力って、一体何を指しているのか……。

梅の実入りのおかゆを啜りながら、若月の思考は行きつ戻りつ、彷徨した。

結局は、筑紫の勢力のことを解明しなければ、頭の中でまとまりつつある原稿が書き上がらないことを結論し、コーヒーを淹れた。

紙パックで抽出する半インスタントのコーヒーであったが、酸味を帯びた香りを嗅ぐと心が落ち着いた。原稿を仕上げなければ……、というプレッシャーが幾分解消した。

よしっ。筑紫勢力を自分なりにどう結論するか。そう思いながらコーヒーを啜ると、咽喉に味が染みてやる気が湧いてきた。

意欲が湧いたが、さて図書館へ行って調べるかどうか迷ったが、とりあえずネット検索で下調べしようと、デスクのパソコンを引き寄せた。

一週間ほど触らなかったので、ノート型のパソコンにうっすらと埃が積もっていた。ティッシュペーパーで埃を取り検索に取りかかったが、何をキーワードにするかで逡巡した。

筑紫勢力と入れたところで、ヒットしないことは推測できた。

筑紫勢力と言ったのはあの住吉という男であった。が、ともかく『筑紫、古代』と入れてみると『磐井の反乱』が出てきた。

筑紫君磐井の反乱のことはどこかで思い浮かべた……。

若月は住吉という男と対面しているときに磐井のことをちらっと思い出したことがあったと微かに認識した。

その反乱は継体天皇のときで、大和政権が韓半島の加羅などにあった利権が新羅に侵食されたので派兵をしたが、新羅と結託した筑紫君磐井が九州で進路を阻止した、というのが発端であった。港湾を封鎖したために新羅への派兵に支障をきたしたのである。

厩戸皇子が来目皇子や當麻皇子を筑紫に派遣したときから約四十年前のことである。

継体天皇のときも、厩戸皇子のときもいずれも新羅との対決のときに軍を筑紫に派遣したと日本書紀に書いてある。

だが、若月はこの記載には作為があると思っている。敵は新羅ではなく筑紫にあったのではないだろうか……。

継体天皇の折にも大軍を筑紫に派遣した。

火の国（熊本）、豊の国（大分）を支配する筑紫君磐井は福岡県西部で大軍と戦ったが、物部麁鹿火（もののべのあらかい）を将軍とする大和軍が勝利し磐井の軍は敗走したという。磐井は殺され、その子の筑紫君葛子（つくしのきみくずこ）は港湾を開放したという。

そういう話であるが、大和の軍門に下った筑紫の勢力はその後、陰鬱（いんうつ）たる怨念を抱えていたのではないだろうか。何十年にも亘る怨念が厩戸皇子の時代に噴出し、筑紫勢力が難波津まで進出し津国（つのくに）（摂津）、河内を侵攻したために、大連（おおむらじ）の物部守屋の死があったのではないか……。

筑紫君磐井を殺した物部麁鹿火の後裔の物部守屋を討つことで筑紫勢力の怨念の幾分かを晴らした……。だが、この戦のことを日本書紀は蘇我氏と物部氏の宗教戦争と歪曲した。蘇我氏は濡れ衣を着せられたのではないか、と若月は考えている。

『聖徳太子が明日香京から斑鳩の里に移った真相を探れ』という課題に応える原稿の筋道はある程度の若月の頭の中で固まった。

だが、もう一つ腑に落ちないことがあった。大和と対峙した筑紫の勢力、筑紫君の実態は漠然と把握できるが、詳しくは分からない。そこを精査しなければ満点の原稿は書けない……。

もう一度原点に返って考察すべきか……。

若月は別のキーワードで検索する気になった。さて、どんな言葉があるか、なかなか思い浮かばない。イラついて立ち上がってタバコが吸いたくなったが、禁煙中であった。禁煙ガムでどうにか半年間吸わずにきた。

気を紛らわすためにテレビを点けた。

国会中継が流れていたが、天下りの問題で首相が官僚寄りの発言をしていたので余計にイラついた。チャンネルを変えても保険会社のコマーシャルばかりで腹が立ってきた。経済情勢が悪化してくると保険会社のＣＭが増えてくるのか……。テレビを消して時計を見るともう昼前であった。

もう一度パソコンに向かって、検索エンジンを開いて『隋国、倭国』と入れてみた。多くの結果が得られたが、いちいち中身を見るには時間がかかり過ぎるので、検索結果のタイトルだけを急いで縦覧した。

と、その中に注目を引く結果があった。

『旧唐書（くとうじょ）、倭国、日本国』の文字を見つけて若月の愁眉が開いて頬の筋肉が弛んだ。これだ。これっ。倭国と日本国。

早速、その検索結果を開いた。

唐国が終焉してから書かれた最初の歴史書「旧唐書」にはこう書かれているという。

そこには倭国の条と日本国の条があり、日本国は倭国の別種と書いてあるという。日本国は日辺にありとあるから、東にあるのだろう。倭国がありその東に日本国。東界北界には大山あり限りなし、山外はすなわち、さらに東には毛人の国がある。

倭国の王は阿毎……。

そうか。これで読めた。

推古女帝、聖徳太子の時代に隋国から使節がきたとき、隋書では『王は男王で名はアマタラシヒコ……』とあるのは倭国のことなのだ、筑紫に本拠を置く倭国。だから王の性別が違うのだ。

つまり、厩戸皇子（聖徳太子）は明日香京に拠点を置く日本国の太子であったのだ。同時期に筑紫君・アマタラシヒコという王が九州倭国にいたのだ。九州倭国と大和の日本国。その両国の確執を隠蔽してしまったので、わが国の古代史が複雑怪奇なものになってしまった。

『日本国は元小国、倭国の地を併せたり』と旧唐書にはあるが倭国と日本国はシーソーゲームのように覇権争いをしていたのではないか。しかも、唐の歴史が始まった段階でもまだそのような段階であった。

しかし、最後には、倭国が大和の王国を征し融合したのだろう。つまり日本書紀が書かれた奈良時代後半には倭国側の勢力が都合のよい歴史を記述したということだろう。

日本書紀の中では、国内の諸勢力のことは語られず、あたかも統一された日本国が昔からあったようにまとめられて書かれている……。大和側にあった日本国と名乗りながら、その歴史を書いたのは九州側の倭国の勢力。この矛盾がこの国の歴史をすっきりしないものにした。

与えられたテーマの原稿を書くにはこれで充分だ。倭国と日本国の確執の上で厩戸皇子は苦悩し大和（日本国）を守るために斑鳩に移住した――。

身内の物部氏宗家を滅ぼすことになった少年期のトラウマを抱えて、厩戸皇子は生涯を通して大和を守るために献身した。大和北部の守りとして、また難波津港湾への目配りのために斑鳩に軍事拠点を置いた。そこでは金属武器の製作も行われ軍事都市または要塞の観を呈した。

さらに、筑紫勢力の防御と監視のために、播磨の高砂を軍港とし、周辺を開墾して食糧増産に努め兵站地（へいたんち）ともした。これを書けばよいのだ。

こう書けば、厩戸皇子の聖人のイメージはなく武人もしくは独裁的な官僚のイメージとなる。今までの考察から若月の脳内には、寡黙で厳格な厩戸皇子像が出来上がっている。

斬新な考察に満足して若月の口元が久しぶりに綻んだ。

若月は思考を止めてパソコンを閉じると昼食を摂るために家を出た。回転寿司でもと二、三度行ったことのある近くの店に行くと閉店の張り紙がしてあった。アメリカの不況が日本に及び近所にまで到達したのか……。外食産業も冬の時代を迎えるかもしれないな。

若月は苦笑しながらスーパーで弁当を買って家に舞い戻り、ぽつねんと寂しい昼食を摂った。

再びコーヒーを淹れて、やる気を高めるとパソコンを開き、一気に原稿を書き始めた。大和と播磨を歩いて得た知識、体験を原稿に吐き出し、厩戸皇子の少年期から斑鳩での死までを書き上げた。

その結びとして、後の時代に厩戸皇子が聖徳太子として祭り上げられたことを書いた。それは征服勢力が非征服勢力の怨念を封じ込めるための手法に使った——。そういう結論にした。

聖徳太子のイメージがこしらえられたのは奈良時代の後半頃で、筑紫と大和の悶着が終わった後で、斑鳩の宮や寺々は一旦破壊された。それが若草伽藍と呼ばれる法隆寺の下にある遺跡であろう。

奈良時代に新しく法隆寺が造立されたときに聖徳太子の偶像がこしらえられた……。原旧日本国の残像を消し去るために……。

こういった経緯があるので、世界最古の木造建築といわれる法隆寺の正確な建築年も曖昧にされているのだ……。それに、法隆寺の塔の宝輪に刺さった鎌などの不思議な造作も怨霊封じのためであろう、と推測された。

こういう原稿を書き上げて、すぐにファックスで送った。

大きなテーマを書き上げた充実感を得るとともに重苦しい疲労感が若月の肩に伸しかかった。すでに戸外は暮色につつまれていた。

送信のファックス音が響く中で、若月はデスクに座ったまま眠り込んだ。

十五、虚貝（うつせがい）

原稿を書き上げて十日ほどして各地で桜花散り始めのニュースが流れた。

その頃にはもう掲載雑誌が送られてきた。若月の原稿を待って雑誌が発行されたような感じであった。

若月の「歴史探偵」の原稿は雑誌社ではおおむね好評のようであった。暫くはこの連載物で食いつなぐことができる……。原山直子女史の整った愛嬌のない相貌を思い浮かべると、淡い期待が若月の胸腔に漂った。

しかし、若月には仕事をしたという充実感はなく、すっきりしなかった。この度の奇妙な体験にはまだ解き明かさなければならないことが多いように思われた。

まるで、海岸に漂う肉のない虚貝のようにふわふわとした日を送った。

そもそも、播磨に出かけたときから始まった奇妙な体験。

いや、それより前、斑鳩でコー・ヘジョンと出会った頃から何だか可笑しかった。コー・ヘジョンが背後にいるときに幻視とでもいうべき映像を見た。史劇のような映像……。しかし、コー・ヘジョンや住吉という男、松尾老人などのことは日々記憶が薄くなっていく気がした。出会ったことは確かだが、彼らの映像が色あせて薄れてゆくようであった。

それにしても、コー・ヘジョンは実在した人だったのかどうか……。
好印象を残して消えたが、今にも現れるに違いない、という淡い期待は残っている。
コー・ヘジョンを探して播磨へ出かけたときには、彼女との暮らしを思い描いていた。
それが、日笠山というところで昏睡し、松尾老人が現われた……。
そうだ、舎人姫王(とねりのおおきみ)のことを調べれば何か掴めるかもしれない。
手元の日本書紀を開いて舎人姫王の記載を探すと、確かに書かれていた。

> 推古天皇、十一年、夏四月、来目皇子の兄當麻皇子を、新羅を征(う)つ将軍としき。
> 秋七月、當麻皇子難波より発船(ふなだち)しき。
> 六日、當麻皇子播磨に到れるときに、従える妻舎人姫王、赤石(あかし)に薨(かく)りしかば、
> よりて、赤石の檜笠(ひかさ)の岡の上に葬(おさ)めき。
> すなわち當麻皇子返りて、ついに征討(う)たざりき。

舎人姫王の横死のことがこう書いてある。

その死の理由は何も記載されていない。赤石の檜笠の岡とあるが、赤石とは明石のことなのか……。自分が登った日笠山は明石より西の高砂市と姫路市の境界にあった。

ちょっと位置がずれている。

よしっ、図書館で調べてみるか。

「日笠山」のことを調べるために早速図書館に行くことにした。若月が住んでいる地方都市には図書館が四つもある。行革機運の中では多すぎると思われるがこれもバブル景気の落とし子である。いまさら縮小するのも厄介なことであろう……。

家から一番近い図書館へ自転車で向かった。

勝手知った三階の資料室に駆け込むと、「平凡社歴史地名大系」を開けて「檜笠岡」の項目を開いた。檜笠岡は賀古郡(かこのこおり)（加古郡）とあるが、律令以前は赤石郡とある。

また、「角川地名大辞典」によると日笠山は高砂市曽根町と姫路市大塩町にあり、檜笠ノ浦に面している。山頂に経塚や檜笠御墓がある……。

なるほど、自分が登った高砂市の日笠山は、間違いなく舎人姫王が葬られた山であった。古代には赤石郡に属していたのだ。しかも、檜笠ノ浦に屹立していたというから、さぞ風光明媚なところにあった丘であろう。その丘に葬られた舎人姫王。悲運の女性には違いなかった。この檜笠御墓が舎人姫王の墳墓なのだろうか。

日本書紀には死の理由は書かれていない。

住吉という男が語ったように、船上で暗殺されたのが真相であろうか……。

図書館を出て同じ建物にある喫茶店に入った。そこにも「来月で閉店します」という張り紙があった。うーん。不況になるとどこもかしこも閉店か……。図書館に来たときにたびたび利用した喫茶店が閉店する……なんだか自分の行動が制約を受けるような気分になった。

切ない気分でコーヒーを啜っているとき、ほっと思い出したことがあった。

あの、住吉という男が最後に発した声であった。

「二度と、ここへは来なさるな」

巫女たちが送り出してくれたとき、奥から男の声が響いた。やさしい声ではなかった。警告の意をこめた強い声であった。

なぜ男はそんな言葉を俺に投げかけたのか……。若月のことも話さなければならない、と言っていたが、それについての話はなかった。

今にして思えば訝しいことである。住吉という男に会ったのは現実のことなのかどうか……。むっ、その前に、舎人姫王の墓にまつわって何か話していたぞ。

何の話であったか……。

そうだ。蘇りの話であったか。いや、生まれかわりの話であった。

そう、舎人姫王と同じ魂を持った女性が姫の墓まで来て中を覗いたためにそのまま身罷（みまか）った。そんな話をしていた。

その女性は異国の女性だと言ったぞ。

えっ、まさか、コー・ヘジョンのことか。

異国というのは韓国のことか……。住吉という男はヘジョンのことを俺に伝えたかったのか……。そうだとしたら、コー・ヘジョンはすでにこの世の人でない。まさか、そんなことはあるまい。俺は確かに彼女と会って話をしたのだ。奈良で二度も……。

一度目は信貴山朝護孫子寺（しぎさんちょうごそんしじ）の境内で踊りの衣装を身に着けていた。それから藤ノ木古墳を見に行った。二度目は奈良の斑鳩に行こうとしたら、先方から電話がかかってきた。どちらの場合も奇妙といえば奇妙な出会いではあった。

あの、鶴橋の衣装店の主人もヘジョンのことを掴み得ない女性だと言っていた……。

彼女の住所は、うん、そうだ、日笠山の辺りになっていた。それを俺が探しに行って……。そうか、そのあと山の上で眠ってしまって、松尾という老人が眠りに入ろうとする俺を見た。

若月の思考はぐるぐると堂々巡りしてまとまりがつかなかった。

もう一つ頭が冴えなかった。

よしっ。頭を冷やすために、ちょっとドライブでもしてこようか。

そんな気持ちになった若月は地図を広げて大阪の南部を見た。大阪府の北部に住んでいると南部方面とは疎遠になってしまい、今までほとんど訪れたこともない。

しかし、単純にドライブするとなると、山地よりもどうしたことか若月は海岸付近を選んでしまう。持って生まれた嗜好なのだと、この頃気づいた。生得の嗜好というものが自分の生き方を決めているように思える。ＤＮＡか遺伝子か知らないが、そういう嗜好が自分の中にある……。

地図を見ていると「せんなん里海公園」という海岸があった。うん、ここに行ってみるか。

桜葉が芽ふく暖かい日に車に乗った。

高速道は案外空いておりすいすいと走った。途中岸和田のサービスエリアで食事を摂り、泉南インターで下りて国道を南下した。すぐに公園の案内板が見えて海の方へ曲がるとゲートがあり入園料を払って車のまま入園した。そこそこの入園料であったがこれは駐車料であるらしかった。公園内は充分に手入れされ、綺麗な松林と砂浜が広がっていた。

このような白砂青松の海岸は昔にはどこにでもあったのだろうが、今は人工的にこしらえなければならないのだ。

阪南市と岬町にまたがる二キロほどの砂浜海岸の公園内では釣り人やバーベキューしながら歓声を上げる学生らしい一団、母子で散歩する人たちなど、それぞれに陽光の下で海を愉しんでいた。

車から下りた若月は木陰のベンチに座った。

眼前に広がる砂浜と海。その向こうには薄く島影が見える。あれは淡路島か、と見遣っていると、光景はゆらゆらと陽炎(かげろう)のように揺れだした。こんな光景を以前にも見たことがある……。いつのことだったか思い出せない。

當麻皇子もこのような海浜で亡き妻を偲んで人生の後半を消化したのであろうか。来る日も来る日も松林に佇んで播磨で眠る妻を偲んだのであろう。そうすることで當麻皇子は幸せを感じていたのかもしれない。

若月は時折に海風が吹き抜けるベンチでコー・ヘジョンを偲んだ。

色白の肌、しなやかな細身。まざまざと思い浮かべることができる。

住吉という男が語った、「異国の女性」というのはコー・ヘジョンのことだったのではないか。若月は、近頃はそんな風に納得するようになった。

舎人姫王の生まれかわりの女性は墓を覗いてそのままあの世に行った……。舎人姫王の魂を持っていたがゆえに、同一化して違う世界に行ってしまったのかもしれない。

コー・ヘジョンは舎人姫王の魂を持っていたがゆえに斑鳩の周辺に興味を持っていたのだろうか。まじまじと藤ノ木古墳を見ていたし、中宮寺の宮墓といわれる周辺を立ち止まって目を瞑(つむ)っていた。

今から推論すると、藤ノ木古墳は舎人姫王の縁(ゆかり)の人物の墓かもしれない。

とすると、一番縁の深い當麻皇子の墓所であったのか。二体のご遺体が眠っていたというから、もう一体は来目皇子であるかもしれない。

もし、不運に見舞われた二人の皇子を厩戸皇子が藤ノ木古墳に葬ったとしたら、當麻皇子は厩戸皇子より早世したことになり、四十歳ぐらいで黄泉路に旅立ったのかもしれない。あるいは、妻への愛惜で狂い死にして三十台で亡くなったことも、ありうることであった。

藤ノ木古墳のご遺体は二体とも若いとされるから、當麻皇子の三十台での死も充分考えられることである。とすれば、筑紫勢力を制圧する軍事行動によって兄弟を若死にさせた厩戸皇子の悔恨の情も尋常ではなかったと推測される。

いや。落魄の當麻皇子は翁になるまで生きたと、住吉という男が言っていた。

そうだとすれば藤ノ木古墳にある若いご遺体の一つは當麻皇子ではないのかもしれな

い……。いやいや、翁になるまで生きたとはその魂のことかもしれない。妻を想う魂だけが永らえて肉体は早くに身罷(みまか)ったのかもしれない。

それにしても——。

若月は謡曲の「高砂」のことを思った。

「高砂」に登場する老夫婦の姿は舎人姫王と當麻皇子に重なってくる……。老夫婦は松の精というが、嫗(おうな)は播磨の高砂に住み翁(おきな)は摂津の住吉に住み離れ離れに住んでいても心は相通じている……。まるで、住江の浜で亡き姫王を恋い慕う當麻皇子に生き写しではないか……。

作者の世阿彌元清は舎人姫王の非業の死を下敷きにして曲想を練ったのであろうか。それとも、播磨の地には舎人姫王の悲運を松の精に仮託した伝説でもあって、世阿彌元清はそれをネタに謡曲を作り上げたのだろうか。いずれにしろ、「高砂」にはどう考えても、舎人姫王の話が絡んでいる。若月にはそう思えた。

しかし、謡本(うたいぼん)の解説にはそんなことは微塵も書いていない。自分勝手な思い込みなのかどうか……。厩戸皇子を調べているうちに哀しい物語の中に迷い込んでしまった……。

もう、帰るか。一時間ほど海を目の前に座っていると少しは心が清新になった気がして腰を上げた。

立ち上がって遠く播磨の方面へ目を遣って、一礼した。原稿を書き上げるのに世話になった住吉という男や松尾老人に頭を下げたつもりであった。

一礼して、車を止めた方へ歩みだしたとき、ふと、あの男の最後の声が蘇った。

「二度と、ここへは来なさるな」

それは強い声であった。

えっ、あれは若月への、心底からの警告であったのか……。

ということは、自分もまた舎人姫王の魂を持って生まれていると……。

ええっ、そういうことか。生まれかわり。

そういうことであれば、あの男の言葉は頷ける。日笠山に来て舎人姫王の墓を覗けば、あなたもあの世へ行かねばならぬぞ。そういう意味が込められた警告であったのか。

思考の閃光がそういう方向に向かって若月は愕然とした。

俺もまた、舎人姫王の生まれかわりであるならば、コー・ヘジョンと同じ魂を持つことになる。魂の変転を思い至って震撼した若月は再びベンチに腰を下ろした。

自分の前にコー・ヘジョンが生まれ変り、その次が自分であれば、コー・ヘジョンは自分よりもずっと年長ということになるが……。

同じ魂を持っている故に、初めて会ったときから何だか親しみを覚えたのかもしれない。

日本がまだ発展途上国であった時代、戦後のある時期に韓国から日本に来た女性。それがコー・ヘジョンであったとしたら、山陽電鉄の「尾上の松」という駅の前で出会って鶴林寺へ同道したときに、一昔前の光景を話したこともそういう事情であれば頷ける……。


日が翳りだし、林間を抜ける春風が一層冷えだした海岸で若月は、再び虚貝のようになって播磨の方向へ力のない視線を這わせ、暮色に染まる時刻まで座っていた。

まるで、舎人姫王を失った當麻皇子のように……。

十六、暗転

厩戸皇子の原稿を書き上げた後、数ヶ月経っても若月の脳裏から舎人姫王や松尾老人らのことが離れなかった。

それが現実のことなのかどうかさえ確信がない。

異空間に浮遊してしまったのか、宇宙に舞い上がってしまったのか、二日間の時間経過が、帰ってみれば五日間であった、という現実。まるで、SFの世界に嵌(はま)り込んでいた自分を振り返りたくはなかった。

あの、松尾という老人は、當麻皇子の亡霊というか、亡魂というか、そんなものではなかったのか……。

あのとき、若月はコー・ヘジョンを探して日笠山に登ったのだ。すでにこの世にいない女性を求めている男を哀れに思った松尾老人、つまりは當麻皇子の霊魂、つまりは松の精が現れた。

だったら、あの住吉という男は、住吉大明神なのか……。確かに、日笠山の東崖には住吉神社の社があったが……。

こんな反問を毎日繰り返していた。

新しい聖徳太子像を作り上げて原稿を書いてから、そういう悶々とした日々を過ごし、夏になった頃に若月にまた試練が訪れた。若月の原稿に対する抗議の手紙が雑誌社に続々と寄せられているというのである。

また、原山女史の突き放したような顔を思い浮かべる破目になった。

あなたの新しい聖徳太子像の原稿は反響がありましたが、抗議の手紙が続々舞い込んでいます。当社としても丁寧に応対しなければなりませんので、あなたも考慮してくださ い。責任の一端はあなたにもありますから……。読者の手紙を後ほど送ります。そういう内容のファックスが原山女史から送られてきた。


三十度を越す暑い日が続く七月の中頃には、それらの手紙が雑誌社の担当から宅急便で送られてきた。荷解きしていると若月は胸苦しさを覚えた。原稿についてこんな形で読者とやり取りする気はなかったが、雑誌社の手配であれば仕方がない、一応は読者の手紙を読んでおかなければならなかった。

若月が考えていたよりも聖徳太子に対する読者の思いは強かった。

若月が書いた実務派の武人官僚像の厩戸皇子（聖徳太子）はとても容認できない、と読者が抗議の手紙を寄越したのだ。

『歴史認識のある筆者だとは思えません。これは歴史ではありません』

『聖徳太子の偶像を壊す不届き者』

『歴史ロマンの破壊者』など、読者の手紙には若月を誹謗する文面が綴られていた。

読者からの抗議文を前にして若月は途方にくれた。頼りにしていた雑誌の「歴史探偵」の仕事は消滅したな、と目の前が暗くなった。近頃の世界不況の中で新しい執筆の仕事を見つけるのは川に落とした小銭を拾うより難しいと思った。

テレビの情報番組さえ次々と過去のドラマの再放送に切り替えて、出費を抑えているような現状である。抗議の手紙の山を前にして雑誌社の企画担当者原山直子は歯噛みして、若月のような無名に近い執筆者とは縁を切るだろう……、そう思った。

だが、若月宏治の予感は外れた。

翌日には新しい指令が来た。例によってファックスで執筆依頼が来た。それは「抗議の手紙に応えよ」という内容であった。

思うに、それだけ抗議が来たのだから、反響が大きかったという証で、それに応えることによってさらに読者の関心を引こうという作戦らしかった。

うーん。禍福は糾（あざな）える縄のごとし。ファックス用紙を持ったまま若月はそう呟いて頬を緩めた。まだ、俺にはツキがある。萎えた気持ちが元気を取り戻した。

『抗議の手紙に反論するのは来年でＯＫ。それまで読者の興味を引き付けておく』とも書かれていた。恐らく、聖徳太子について歴史学者や歴史作家などの意見を順次掲載して最後に若月の反論の論考を掲載する魂胆であろうと思われた。

ま、暫くは安泰か。その反論とは別に従来どおりの「歴史探偵」の指令も付記されていた。これで、収入の道は残った。安堵の笑みを浮かべたが、反論する証が若月にある訳ではなかった。まあ、半年ほどかけて頭を整理するか。新しい指令にひそやかな意欲を暖める若月ではあった。

十七、墳墓

読者の抗議に応える意欲は回復したが、さてどうして反証の手づるを掴むか……。若月には見当がつかなかった。

厩戸皇子は聖人君子一筋の人でもなく、武人官僚の人である――。これを証明するもの、微かなものでもよい。何か、一点でも確証らしきものがあれば、それに基づいて、「聖徳太子の実像はこれですよ」と読者に提示できるのに……。

若月の意欲はその確証が得られないまま焦りだした。

思い返せば若月の新説論文は、コー・ヘジョンや住吉という男に導かれたものである。いわば幻のような者に教えられた聖徳太子像を基にして打ちだしたものである。読者の手紙の中には、『歴史探偵ならしっかり推理しろ、幽霊にでも導かれているのではないか』という若月の思考の背景まで見透かした抗議もあった。

要するに「証拠」がないのだ。微かでもいい、証拠が欲しい……。

最近の新聞では奈良県桜井市の箸墓の近くで大きな建物跡が発見されたことを報じていた。その記事に「これこそ邪馬台国近畿説の確証」という学者のコメントが付いていた。しかし、その遺跡から「邪馬台国」を示す証拠が発見された訳ではない。状況証拠しかないのだ。さまざまな聖徳太子論もこれと同じだ。論争の野つぼに落ち込んだようなものである。

一つでも確証らしきものが掴めれば若月が導いた聖徳太子像が補強できる……。掴み得ない証を探したい。若月宏治は苦悶した。

家で思考していていると考えが全然広がらない。

そう思った若月宏治は少し早く起きて外出の支度をした。

聖徳太子のことを書いていてまだ太子の墳墓にお参りしていないことに気づいたのであった。太子のお墓は大阪の南河内郡太子町にある。

ここも大阪の北郊の若月宅からはまるで死角になっているような所で馴染みのない土地である。その辺りは「近つ飛鳥（あすか）」と呼ばれている所で、早くから渡来の人たちが入植した土地であるらしかった。「遠つ飛鳥」が大和の明日香で、渡来人はまず河内を開発してから大和に入ったのであろうか……。

通勤客が少ない時間を見計らって電車に乗り継ぎ、昼前に近鉄河内長野線の喜志（きし）駅に着いた。

駅の東には葛城山系が屏風のように横たわっているのが望める。いや、葛城山系の裾野が駅まで広がっている。それほど山は近い。鋭く尖った二つの峰が見えるが、あれは二上山と呼ばれる峰であろう。太古の火山の姿をとどめている。

駅からは金剛バスに乗り「太子前」で降りた。

降りたすぐ前が叡福寺（えいふくじ）の山門で境内の奥に太子の墳墓がある。平日であったので境内は閑散としている。まず奥の太子墳墓にお参りし、そう広くない境内を見て廻って直ぐにバス路に戻って山を目指して歩いた。

その道は古代の国道であった竹内街道の方へ行けるはずである。聖徳太子や當麻皇子が通ったこともあろう古代の道。當麻道（たぎまみち）とも呼ばれる古代の道に立って雰囲気を感じ取りたい気持ちで若月は歩いた。しかし、少し歩くと足がきしみだした。平地に見えるが道は勾配を持って次第に高みに上っているのだ。視覚は平地を歩いているが足の感覚は坂を上っている。そのギャップが疲労感を増すようである。家に引きこもっているうちに体がなまってしまっているようであった。

少し歩くと右手に役場が見えた。その役場の向かいに古ぼけた案内板があったので、若月は疲れた足を休めがてら眺めた。案内地図にはなんと陵墓の多いことか……。

太子の父の用明天皇陵、推古天皇陵、孝徳天皇陵、敏達天皇陵。さらに、小野妹子墓に、蘇我馬子の墓。

えっ、蘇我馬子の墓？　ええ、どうなっているの。そうか、そういえば、ここにあるのはすべて蘇我系の天皇の陵墓。蘇我の墓場なのだ。いや、蘇我氏にとっては縁(ゆかり)のある故地に違いない。

蘇我馬子の墓は一般には明日香の石舞台古墳といわれている。

写真でお馴染みの大きな岩組みがむき出しになった墳墓である。まるで明日香のシンボルのような石舞台と呼ばれるものが馬子の墓とされている。

崇峻天皇暗殺の張本人とされる蘇我馬子。その悪辣さ故に彼の墳墓も後世に暴かれて巨岩の墓がむき出しになったといわれるが、石舞台が馬子の墓だという証拠は何もない。

蘇我馬子の墓と記されたのを見て若月宏治は急にそれを見たくなった。

役場前から少し後戻りして路地を入って探したがなかなか見つからない。年配の女性が通りかかったので訪ねると、茂みの片隅に置かれた石積みがそれだと言った。「馬子さんのお墓はそこです」と指差し、墓に向かって手を合わせて微笑んでから去っていった。

その微笑の中に若月を哀れむようなものが含まれていたようにも感じられた。

近頃は「古代おたく」も結構多くて、馬子の墓を探しに来る若者も多いのかも知れず、若月もそんな一人だと思ったのかも知れなかった。そういえば、金剛バスに乗ったときに二十人ほどの団体が乗りこんできたが、引率者の旗には「古代研究会」と書いてあった。老若男女が混じっていたが、古代史を軸にした老若男女の結びつきを若月は奇異なものに感じた。それと同じ奇異なものを土地の女性は若月に被せたのだろう。

年配女性が教えてくれた墓は薄い石板を重ねたもので、とても大臣であった馬子の墓には見えない。故人への手向けのために村人がこっそり作ったものかも知れなかった。馬子の魂の宿りとして造られた霊標であればこの土地と蘇我氏の結びつきは相当に強いものがあるのだろう。

馬子の墓を見てまた元の道に戻った若月はさらに歩むと右手に用明天皇陵の表示を見

つけ、道から少し入って陵墓の土手に上がった。こちらは大きい。うっそうと木々が茂り天皇陵然とした佇まいである。方墳ということだが、その形は外からは窺えない。宮内庁書陵部の小さな事務所もあった。

南向きの正面から遥拝してまた上方への道にもどり、暫く行くと小さな川がありそこで四差路になっていて、どちらに行くべきかと休憩がてら立ち止まった。そこまで歩いただけで汗が背中を伝っているのが分った。目的がありそうでもあり無さそうでもありのウオーキングであるから、汗を拭きながらもう戻ろうかとも思った。

だが、周りを見渡していると『竹内街道』の幟旗（のぼりはた）が見えて、若月は疲れを忘れて再び歩き出した。四差路と思ったがもう一本細い道が山へ伸びていた。それが旧道の竹内街道であるようであった。

急坂を歩くと再び足が痛み出した。まあ、とにかく行けるところまで行くか……。

車一台やっと通れる道幅の両側になんとも古風な家並みが続く細い急峻な道を歩んだ。こんな家並みが大阪の南部にあることを今まで知らなかった自分を恥じる思いで若月は歳経る（としふ）家並みを愉しんだ。昭和初期の世界へのタイムスリップのようであった。

途中、左手の高所に竹内街道歴史資料館の案内があったが、そこまで行く気力もなくさらに歩行を進め、とにかく坂道を上ることに集中した。孝徳天皇陵があるはずだからと上り続けた。

ここに孝徳天皇が葬られているとしたら、可笑しなものだと歩きながら新たな疑問を若月は抱懐していたのであった。

若月が思考を向けたのは、大化の改新（６４５年）の直前の明日香における蘇我入鹿暗殺事件である。

皇極天皇（宝皇女）の眼前で無防備な蘇我入鹿が刺殺された事件。その首謀者は藤原鎌足、中大兄王（後の天智天皇）とされている。皇統簒奪の横暴が窺えたので蘇我入鹿は打倒されたとされている。事件の後、皇極天皇は弟の軽皇子に譲位した。その軽皇子こそが孝徳天皇で、蘇我入鹿打倒の側にいた人物とされている。

しかし、孝徳天皇が蘇我氏を裏切って入鹿を倒したのであれば、太子町の蘇我氏の色濃い土地に葬られるだろうか……。

やはり日本書紀の記述は矛盾を孕(はら)んでいるのだ。詐術に満ちているといえる。

実際の孝徳天皇は全く違う立場にいた、と若月宏治は歩きながら確信を持った。ここは蘇我氏の故地に違いない。その土地に裏切り者を葬る訳がない……。とすれば、孝徳天皇が皇極天皇の弟だとする記述も実に怪しい……。

道は次第に急勾配になって、漸く左手に空き地があってそこに孝徳天皇陵の表示があった。そこから少し上ると陵の左前に行き当たった。民家の裏山で、なんとも狭苦しい所に造られた小さな陵であった。側面から拝して振り向いた若月はそこら辺りの地形を眼下におさめることができた。

蘇我氏の故地と思われる葛城山の斜面を一望できる高みにその陵墓はあったのだ。まるで亡き天皇に故郷を見せるような格好に正面が向けられている。

その高みから見ると、若月が上ってきた道の裏は谷川でその向こう岸に国道（１６６号線）があり、車がひっきりなしに通っている。その向こうにはなだらかな斜面が見える。今はぶどうの栽培が盛んなのであろうか、そのような畑も広がっていた。

そのブドウ畑のように見える一角に推古天皇陵があり、その近くの神社の裏に小野妹子の墓といわれるものがある。

とすると、小野妹子も蘇我氏なのか……。

そういえば、隋国の歴史書には小野妹子のことを「蘇因高（そいんこう）」と書いてある。小野妹子ではなくて本当は「蘇我妹子（そがのいもこ）」という名乗りをしていたのかも……。後の世に、勝者の歴史書によって姓名まで変えられたのか……。

蘇我入鹿が刺殺されたのは厩戸皇子が亡くなってから二十三年後のことだが、どちらの時代にも同じ構図が存在していたのではないか……。筑紫勢力と大和の対立。その対立が数々の歴史事件の遠因となっている……。蘇我馬子も聖徳太子も、物部守屋も、馬子の子の蝦夷も、蘇我入鹿も、その対立の狭間で必死に生きたのではないか。後の世の勝者によって、ある者は悪人に、ある者は聖者に都合よく記述されたに過ぎない。

その対立の構図は邪馬台国論争の九州説、近畿説の対立となって今も尾を引いている。あれっ。蘇我馬子の霊標らしきものがあったのだから……。

孝徳天皇の横で若月宏治は汗を拭きながら、騒乱の古代に生きたといわれる蘇我氏一族のことを思った。

蘇我蝦夷や蘇我入鹿の墓は、この近辺にはないのだろうか……。

いや、きっとどこかに葬られている。密やかにかもしれないが、霊標のようなものがあるはず……。

それとも、道中で見た陵墓や墳墓の中に、蘇我蝦夷や入鹿が葬られているのだろうか。そうなると、蘇我氏は王族……、いや天皇ということになるが……。えっ、聖徳太子が蘇我……。

孝徳天皇陵墓の前でそんな、どんでん返しのような思考を閃かせてから若月は旧竹内街道を下り始めた。

旧道を下りた所に循環バスの停留所があり、そこから近鉄喜志駅に戻れば車中から葉室（はむろ）という地域を通るときに推古天皇陵が見えるはずであった。

十八、実像

南河内郡太子町を散策してからも、若月は自分の推理の確証が得られなかった。漠然とではあるが、自分の推理が正しい方向に向かっていることは分っているのだが、まだ決め球がない。「もの」がないのだ。

論理はいくらでも展開できるが、その証拠はこれです、という「もの」がないのだ。そんな状態でとうとう年末を迎えてしまった。

いらいらしたときにはネット検索で気を紛らわしていた。「蘇我馬子、墓」で検索していたら、太子町に蘇我蝦夷の墓といわれるものまであるらしいことも分かった。写真も付いていて、それで見ると馬子の墓よりも大きな構築物である。

大臣の蘇我蝦夷は入鹿の父親。入鹿が大極殿で殺された後明日香にある自分の館に火を放って自害した、といわれている。その蝦夷の墓が葛城山を越えた河内側にある。

何だか歴史の裏と表を見ているような感覚を若月は覚えた。葛城山系を挟んで大和側が表で河内側が裏。その裏面を自分が探索している。そんな感覚を覚えた。

蘇我蝦夷が自害して館に火を放ったときに、「国記」「天皇記」などの記録書も灰燼に帰した、といわれている。しかし、蘇我入鹿、蝦夷を倒した者にとっては、この記録書こそが抹消しなければならない対象物であったろう。蘇我氏を滅ぼすというより、この記録書を消したかったに違いない。

蘇我蝦夷、蘇我入鹿を倒した者たちは、大和の歴史を記録した国記、天皇記を隠し、それに基づいて別の歴史を書き直した……。

若月宏治の歴史観はこういうものである。

そんなことより、今は聖徳太子の実像を把握して雑誌の読者に論述を披露しなければならない。それがフリーライター若月宏治の飯の種なのだから……。

年末だというのに焦燥感にかられながら若月は一人ぽつねんと無為な時間を過ごすこ

とが多くなった。読者の反論に応える雑誌原稿の締め切りは翌年の一月末であった。じりじりと迫り来る締め切りに首を絞められる思いであった。

聖徳太子に抱いてきた「清く聖なる青年像」を壊した、という読者の反応にどういう反証をするのか、雑誌社も、その背後の読者も待っていることであろう。

若月は従来の聖徳太子像を壊したとは考えていないが、読者の反応はそういうものであったから、「反証してください」と雑誌社の担当は要求を突きつけたのだ。雑誌も売れない時代に入って雑誌社も必死になっている。

若月の新しい聖徳太子像の原稿にたまさかに読者はそういう反応を示し、多くの手紙が寄せられた。これを販売促進の機会と捕らえて、雑誌社は若月に反証の原稿を要求したのだ。

その要求に応えて反証し面白い原稿をものにしたい……。

そうすれば若月宏治に対する評価も高まるだろう。だが、応えるべき物証がない……。いらいらしながら、年末を過ごし、ささやかな正月準備を整えていたある日、テレビを見ていたら、四天王寺のことを取り上げていた。

レポーターが四天王寺を訪ねている様子が映っていた。僧侶が型どおりの案内をしている。

四天王寺の境内を案内した後、最後に僧侶が説明した一月の行事の案内に若月の耳目は惹きつけられた。

「一月には、年に一度の大切な行事がございます。一月二十二日に」

そこまで聞いて若月宏治は少し緊張した。二十二日といえば聖徳太子の命日である。一月二十二日とも二月の二十二日ともいわれている。四天王寺では一月を祥月命日（しょうつきめいにち）としているのだろうか。その命日に何かある。

「本寺では大切な行事として連綿と続いている行事でございますが、一山の僧侶がこぞって出仕し太子殿で胎蔵界曼荼羅の法要を営みます。その折に」

そこまで聞いて若月はテレビの前に進んで耳を澄ました。

「その折には、秘仏をお飾りします。年に一回だけのご披露ですが、太子が摂政であられました四十九歳のときの胸像でございます。ぜひ一度お参りください」

そこまで聞いて若月は興奮した。四十九歳時の像といえば聖徳太子が亡くなられる直前のお姿を写しているのだろう。

その胸像を見れば、何か掴めるものがあるかもしれない……。

近頃のテレビ番組は制作費の削減もあって見るべきものがない、と余り見なくなったが、たまには俺にとって重要なことも放送してくれるのだ。若月は番組が終わった後も暫く興奮していた。

　これは絶対に、四天王寺へ行かなければならない。しかし、何か掴めるものがあるのかどうか……。まあ、ともかく、それに賭けてみるか……。

　若月は不安と期待を抱えて年を越した。


　正月には日和のよい日が続いた。

　早く一月二十二日になれと、そればっかりを心待ちにしてどこへも行かずに家で過ごした。

　どんな胸像が見られるのか、そればっかりを考えていた。今まで見た幼少時の太子像が単に老けただけの像であれば若月の目論見は瓦解してしまい、新たな物証を探さなければならない。いや、それは無理であろう。原稿の締め切りは一月末だ。

　今のうちに何か別の方策を練るべきかもしれないが、それも思い浮かばない。

　万事尽きるか……。そうなればそうなったで、フリーライターの仕事から足を洗ってしまおうか……。そんな葛藤を繰り返しながら、一月二十二日を迎えた。

　その日は晴天であった。はやる心を抑えて、午前八時に出発し、私鉄と地下鉄を乗り継いで九時過ぎに夕陽丘四天王寺駅に着いた。少し南に歩けば四天王寺の南西からの入り口に着く。石の鳥居のあるに西門(さいもん)である。今まで訪れたときはいつもそこから入っていた。そこから入れば目指す太子殿は東へ一直線に歩けばよい。

ところが心急ぎしていたのであろう、その日若月は北西の門から入り、墓地を通って境内を縦走して宝物館の前に至った。その南が太子殿であり八角形の建物が見えている。だが、入り口が分からない。仕方なく、宝物館の入口に入ったが、どうにも行き方が分からない。若月が佇むところに柵があってそこから砂地越し二十メートル先に太子殿の奥殿が見えている。

ああ、早く見たい。

若月は衝動に駆られて柵を越えて砂地に入りかけたとき、方々から叱責の声が飛んできた。

「こら！」

「駄目だ」

「入るな」

柵を乗り越えようと足を上げた若月は、自分に投げかけられたであろう叱責を悟って足を下ろし少し冷静になった。方々から僧侶たちが監視していたのだ。見れば砂地は綺麗に掃かれて箒の筋目がついている。

この砂地は聖地だな……。

一瞬そういう思考を閃かせながら若月は叱責を飛ばした僧侶の一人、彼は太子殿と奥殿を繋ぐ廊下に立っていたが、その僧侶にそちらへ行くにはどこを通ればよいのか身振りで尋ねた。

若月の行動の中に危ういものを感じたのだろうか、僧侶は若月を見定めるように何秒か睨んだ後、宝物館の入口の横に道がありそこを通って太子殿に来い、とジェスチャーで示した。

追い返されるのではないかと危惧した若月ではあったが、そのジェスチャーでホッとした。若月はその道を通って足早に太子殿へ急いだ。

太子殿に上がり仏前を拝んでからそそくさと正面左側にある廊下に出て奥殿へ急いだ。

太子殿は正式には聖霊院というらしい。

太子に縁のある寺には「聖霊」と呼ばれる建物がある。どういう訳でこういう名が付けられるのだろうか。しかもそれらは大概八角形の建物である。今行こうとしている奥殿も八角形の建物である。どういう訳で……。いや、今はそんなことはどうでもよい。

太子殿に上がるとき階(きざはし)を上ったので、廊下は地上より二メートルぐらい高みにある。

狭い廊下を進むと、先ほど咎めの言葉を投げた僧侶が立っていて振り返って若月を苦々しい顔で迎えた。若月は頬を緩めて一礼して僧侶の脇をすり抜けた。

廊下の突き当りが奥殿の正面扉になっていて、その前に十人ほどの人が立って中を覗き込んでいる。八角形の奥殿の正面の扉には透明なガラスかプラスチックが嵌められていて、中が覗けるようになっている。正面を塞ぐように立っている人垣の隙間から覗くと、衣冠姿の人物像が見えた。

あれが、聖徳太子か……。

胸像の表情を見て若月宏治は驚いた。なんという形相。

厄病を払うというショウキ像のような周囲を威嚇する眼差し。どのような邪悪も見逃さない。そんな意志の強さが感じられた。烏帽子姿なので、頑固一徹の役人のようにも見える。強面（こわもて）の太子。仏教上の聖人とは違う強将のイメージ。

眼光の鋭さを見てとってから、若月の口元が漸く弛んだ。

やっぱり、聖徳太子いや、厩戸皇子は「武威」の人だ。猛々しいともいえる武人なのだ。これこそが、厩戸皇子の真の姿なのだ。俺の推理は間違っていなかった。物証を掴んだ思いで、若月はホッとして胸像をまじまじと眺めていた。

狭い奥殿の中では僧侶たちが向こうを向いて読経している。胸像だけがこちら向きになっていて、一年に一度だけ聖徳太子像に現実世界を見せているようにも感じられる。紅い衣服をまとった一メートルばかりの胸像。その像が若月には大きな巨人のようにも感じられた。これは厩戸皇子の日常勤務の姿を写したに違いない……。三十分ほど廊下に佇んで胸像と睨めっこした若月は、「うむ」とひと頷きして太子殿から離れた。

境内には、もう一つ気になるものがあって、太子殿を出た若月はすぐ横の紅い祠(ほこら)の方へ向かった。

先ほど、宝物館の横をすり抜けて太子殿へ歩いたときに見た紅い祠。

最初は稲荷神社かと思ったが、社殿の色が妙に紅い。燃えるような紅い色が気になった。太子殿のすぐ横にある祠の前で若月は、またもや「うむ」と唸った。それは物部守屋の霊屋(たまや)であった。

霊魂を祀る霊屋ならばもう少し厳かなものであろうに……。いや、ここに物部氏の霊廟があること自体不可解なことなのだ。しかも、厩戸皇子の御霊を祀っている太子殿のすぐ傍にある……。

やはり、蘇我氏と戦ったという物部守屋は敵ではなく、親しい間柄で何かの陰謀によって戦う破目になったのであろうか。ここに物部氏の霊廟があることを隠す意図で神社のような霊屋をこしらえたのであろうか。その当初の意趣がそのまま今日まで続いている。

先ほどの胸像も寺内で隠匿されていたのかもしれない。

仏教に篤く帰依した聖徳太子という聖者の虚像が歴史の勝者によってこしらえられ普遍化して行く中で、厩戸皇子の元来の姿を写す胸像は隠しながら守られてきたに違いない。

隠されたものの中にこそ真実がある……。

紅い霊屋の前に佇んでいると若月の胸に原稿の素案がはっきりと浮かんだ。

厩戸皇子は明日香京の北辺を守るために斑鳩に拠点を置き、武器の調達に励み、さらに筑紫からの圧力を防ぐために播磨に防御線を張り兵站地（へいたんち）とし、筑紫へ軍事圧力をかけた。

その結果、弟の来目皇子を失い、當麻皇子の妃の犠牲があり……。

そういえば……。若月は毘沙門天のことを思い出した。毘沙門天像は鎧兜を付けて厳しく睨んでいるのが常態である。北方を守護する神……。厩戸皇子は自身を毘沙門天と一体化することを願っていたのかもしれない……。明日香京を守るために……。

よしっ、これで読者の反応に対して反証する原稿をまとめることができる。帰路に着いた若月の足取りは軽かった。

足取りが軽くなった若月はその足で下寺町(しもでら)の辺りを散策してみる気になった。下寺町というのは上町台地にある四天王寺から西へ坂を下ったところにある南北の筋で、玩具問屋の多い松屋町筋の南に当たるところで、お寺が並び立っている所である。

若月には馴染みのない所であるが、幼い頃に家庭内で下寺界隈のことが話題になっていたのを微かに覚えていた。父母がその近辺に住んでいたことがあったのであろう。記憶にある地名だが行ったことはない。そこを歩いて見る気になった。その筋の東側には台地の上から下りてきた細い坂が幾つか口を開けている。これらの坂については織田作之助が好んで題材にしていたが、今はそちらの方へ思考を向ける暇(いとま)はなかった。

一月とはいえ春暖を思わせる陽気の中を若月は気持ちよく歩いた。

北へ向かって少し歩いたとき、K寺の門前に立て札があって淡島明神を勧請したことが書かれていたので覗き読みしていて、計らずも住吉という男のことを思い出した。

そこに書いてあったのは住吉大明神の話であった。

昔、妃(ひめ)が婦人病になってしまったのを嘆いた住吉大明神は妃を離縁し、空船(うつろふね)に乗せ神宝とともに海に船流してしまった、という話であった。

昔は、病気は身の穢(けが)れといわれたから、穢れを払うために流してしまったというのである。現在から考えれば酷い話である。

その流された妃が流れ着いたのが和歌山市加太（かだ）の沖合いの小さな島であるらしい。
現在加太には淡島神社（あわしまじんじゃ）という流し雛で有名になった神社がある。その流し雛の元になったのがこの話であるらしい。何かさわやかな行事のように思っていた雛流しの裏には、このような哀しい話が秘められているのであった。雛流しとは実際は妃流しであったのだ。

　そのＫ寺の説明板にはその淡島神社を勧請したことが書いてあった。

　あの播磨の日笠山で会った住吉という男は、地元の神主なのかそれとも住吉大明神の化身であったのか……。それに、松尾という老人……。あれは當麻皇子の化身であった……。

　若月があの世に行ってしまうところを救ってくれた二人。二人に会ったのが現実のことなのかどうか、今でもはっきりとしない。

　それにしても、Ｋ寺の説明板によれば、住吉大明神さえも深き悩みを抱えていたのだ。住吉大明神は妃流しのことをどう思っておられるのか。慙愧（ざんき）の心を抱えて後悔しておられるのだろうか……。

　下寺町を歩いてから地下鉄と私鉄電車を乗り継いで最寄り駅に着いたときにはすっかり夕方になっていた。駅に着いた途端に腹が減っているのに気づいた若月は駅構内でうどんを啜ってから家に戻った。

うどんを啜りながら聖徳太子についての原稿を書くための取材のことをあれこれと回顧した。今回の取材でも自分の中の霊感体質に助けられた部分が多い……ように思われた。

始まりは信貴山朝護孫子寺訪問であった。そこでコー・ヘジョンに出会い、藤ノ木古墳、法隆寺に行った……。播磨の「尾上の松」へ行ったときもヘジョンに出会った。今から思えば、彼女との遭遇も不可思議なことではあった。彼女は本当に舎人姫王（とねりのおおきみ）の生まれかわりなのか……。ヘジョンが幽界にいる人物であっても、彼女とはもう一度会ってみたい。

いや、一緒に暮らしてもよい。そのまま一緒に幽界に行ってしまっても……。

歴史という過去を探索することの寂しさ。その寂しさを忘れるために、幽界の女性であっても、コー・ヘジョンと一緒に暮らしてもよい……。

コー・ヘジョンを探しに高砂市へ行き日笠山に迷い込んで住吉という男や松尾という老人が現われた……。不可思議なことばかり……。

すっかり暗くなった時刻に家に着いた。待ちに待った一月二十二日もやっと暮れた。

明日からはしゃかりきで原稿を仕上げなければ……。

暮色の中で鍵を取り出して戸を開け、靴を脱いで玄関に上がった若月の肩にどっと疲労が伸しかかった。

幾日も苦悶した疲れが出たのであろう。電灯も点けずに暫く佇んでから、奥の部屋に向かい先ず仏壇の前で手を合わせ、取材が巧くいったことを感謝した。

それから玄関横の部屋に行くと暗い中で電話機の留守電ランプがチカチカ光っているのが目に入った。部屋の電灯も点けずに急いで電話機の前に行き再生スイッチを押した。

「用件の一、午前九時三十分」

留守電の録音時間報告のあと暫くジーという音が響いた。何時もは用件を告げる声がすぐに聞こえるのに……。午前九時三十分といえば若月が四天王寺に着いた時刻であった。

暫く電話機の前で佇んでいた若月は誰かが伝言しようとして途中で止めたのだと思ったとき、微かに声のようなものが聞こえた。

「ヒュッ……。ムムツ」

きつい風の中で喋っているような微かな声が聞こえた。

「ヒカサで……ウウッ。お会いできると思っていましたが……。また、お会いしたいです。ジジジ……、フフッ……」

えっ、コー・ヘジョン……か。

その朧な声を聞いて若月宏治は暗い部屋の中で座り込んだ。

「確かに、今、ヒカサと言ったぞ。日笠山のことか……」

若月は高砂の日笠山に上ったときの、風の囁きを思い出した。海から吹き上げてくる風が草木を揺らし、人の囁きにも思えた。誰かが呼んでいるようにも思えた。

留守電の声を聞いて、懐かしい感慨がこみ上げてきた。


ヘジョンに会いたい……。

暗い部屋の中に幽界からコー・ヘジョンが今にも現れるような気がした。（了）

若井万福（わかい まんぷく）
大阪市立大学文学部卒。広告代理店を経て、執筆活動。古代史をテーマに小説を書く。
著書に「役小角異聞」（三一書房）、「歴史探偵若月宏治おぼえがき」（東洋出版）など。

明日香を守る強将太子

2016年5月20日発行
著者 / 若井万福
発行者 / 今井恒雄
発行 / 株式会社ブレーン
〒162-0801 東京都新宿区山吹町364 SYビル
TEL:03-6228-1251 FAX:03-3269-8163
発売 / 北辰堂出版株式会社
〒162-0801 東京都新宿区山吹町364 SYビル
TEL:03-3269-8131 FAX:03-3269-8140
http://www.hokushindo.com/
印刷製本 / 株式会社ダイトー

ISBN 978-4-86427-213-1 定価はカバーに表記